RESUME

« Qui suis-je ? Qu'est-ce que je fais dan
pas ? J'ai tout oublié de ma vie. Sauf… J
plus de mémoire. »

Lorsqu'une âme noble se trouve piégée dans une aventure ambiguë,
tout peut changer telle une feuille morte au gré du vent.

Étranger dans une ville inconnue, Kader parviendra-t-il à apporter un
peu de lumière dans toute cette obscurité qui l'entoure ?!

L'amour et la patience réussiront-ils à surmonter la haine, la trahison,
les intrigues ?!

Je vous emmène à la découverte des tourments de Kader, l'homme
qui ne se souvient que de son nom.

SOMMAIRE

Chapitre 1 : Souffle

Chapitre 2 : Selma

Chapitre 3 : La fois de trop !

Chapitre 4 : Chagrin

Chapitre 5 : Pas assez bien pour toi

Chapitre 6 : Le déjeuner

Chapitre 7 : Un choix douloureux

Chapitre 8 : Trahison

Chapitre 9 : Cauchemars (1)

Chapitre 10 : Cauchemars (2)

Chapitre 11 : Carmen

Chapitre 12 : Doutes

Chapitre 13 : Mystérieuse agression

Chapitre 14 : Ouaga, nous voilà !

Chapitre 15 : Faire des choix

Chapitre 16 : En quête de vérité (1)

Chapitre 17 : En quête de vérité (2)

Chapitre 18 : Le retour.

Chapitre 19 : Confrontation

Chapitre 20 : Cœur brisé

Chapitre 21 : Le parchemin.

Chapitre 22 : Mise au point

Chapitre 23 : L'annonce

Chapitre 24 : Retrouvailles (1)

Chapitre 25 : Retrouvailles (2)

Chapitre 26 : Quand les masques tombent !

Chapitre 1 : Souffle

Tanwolbougou à 200 km de Ouagadougou, Burkina Faso

Kompoh prend les cheveux et les ongles qui lui ont été apportés, les mélange à une poudre grisâtre dans le creux de sa main droite. Elle plonge son regard alerte dans celui de la dame en face d'elle :

Kompoh : Je le fais ?

La dame : oui !

Kompoh : Si c'est une âme noble, la mémoire finira par lui revenir mais tu seras atteinte de folie ! Ce sera le prix à payer ! Je le fais ?

La dame : Fais-le !

Kompoh se tourne vers le vent et commence une longue mélopée, le poing fermé. Elle hurle un ordre.

Kompoh : Kader !!!!! Kader Sidibé ! Kader !!!! Lève-toi ! Maintenant ! Tourne-toi vers le vent !

Elle tend brusquement le bras et ouvre la paume de sa main ; alors la poudre s'éparpille, s'envole. Elle souffle dessus et ordonne :

- Va-t'en ! Va au loin ! Comme cette poudre, suis le vent ! Oublie tout et ne reviens jamais ! Va au loin… Peut-être qu'un jour te souviendras-tu… Mais seulement quand tout sera accompli ! En attendant va ! Suis le vent !

Au même moment

*** Chez les Kanaté – Ouaga 2000 – Ouagadougou, Burkina Faso***

Un homme se redresse, se chausse et traverse toute la maison. C'est encore l'aube, il n'y a personne dans la cour de la grande villa luxueuse. Il marche assez vite, presque au pas de charge… Il se dirige vers la sortie de la ville avec hâte, comme si une force surhumaine l'y pousse. Un autre drame vient de frapper la riche et puissante famille des Kanaté !

Treize mois plus tard

Selma

Je sors ma voiture presque rageusement, une fois encore des problèmes de plomberies. J'en ai marre de tout ça vraiment ! Je venais de rentrer du boulot quand j'ai remarqué qu'il y avait une fuite d'eau. Je dois ressortir et aller chercher le plombier à l'autre bout de la ville ! Ah Wologuèdè, ce n'est pas l'autre bout de la ville ? En attendant, je ferme tout ce qu'il y avait comme robinet d'arrêt dans ma demeure. Hum… et dire que papa m'avait bien avertie en m'offrant la maison. Il hésitait vu l'étendue des travaux, disait-il : elle avait besoin d'être retapée. Moi j'étais tellement enthousiaste, j'ai balayé toutes ses résistances du revers de la main.

Je ne savais même pas dans quoi je m'embarquais, ça va bien au-delà d'une couche de peinture çà et là… Bref j'y suis, j'y reste et je fais face ; c'était mon leitmotiv pour tenir car même si cette maison me revient chère, j'y ai de bons souvenirs. Distraite, j'entends un bruit mat… Anh ! Etrange, j'avance et je recule la voiture, c'est un cri de douleur qui m'interpelle… comme si… oh mon Dieu ! Je coupe le contact et descends précipitamment de voiture. Je vois une forme allongée dans la pénombre. Oh God, j'ai tué quelqu'un !

Je m'agenouille dans le sable et commence à palper la forme humaine allongée en criant, presque hystérique :

Moi : Eh Dieu ! Eh maman ! J'ai tué quelqu'un oh ! Qui m'a envoyée ! Oh mon Dieu ! J'ai tué l'enfant de quelqu'un !

Inconnu (*agacé*) : Arrêtez de me donner des baffes… Vous ne m'avez pas tué puisque je ne suis pas mort !

Les mots mettent du temps à parvenir à mon cerveau paniqué. Soulagée, je m'assois par terre pour voir ma « victime » se redresser péniblement. Hum… Je ne l'avais pas tué mais c'est sûr que je lui ai fait mal à voir la grimace qu'il fait en se frottant le coude. Mais où avais-je la tête, Seigneur ?!

- (*ton acerbe*) vous comptez passer la soirée par terre ?

Je ramasse le peu de dignité qui me reste et me redresse. J'époussette le sable fin qui me colle partout. Même avec mes talons hauts je lui arrive à peine à l'épaule. Eh oui, il est grand, baraqué et… sale. Etrangement, son apparence négligée ne colle pas avec son port de tête princier, son élocution distinguée. Troublée, je recule d'un pas.

Moi : Euh désolée ! Je...Je vous ai fait mal ?

Inconnu (*sèchement*) : Non, vous m'avez caressé le coude ! Quelle question ! Bien-sûr que vous m'avez fait mal !

Moi : Excusez-moi, s'il vous plaît ! Montez dans la voiture et je vous emmène à l'hôpital...

Inconnu (*abrupt*) : Non !

Moi : Je vous en prie ! Je serai plus tranquille après !

Après plus de quinze minutes d'argumentaire, il finit par céder. Je referme le portail de la maison, appelle le plombier pour annuler... Ce n'est pas ce soir que je vais régler mes soucis d'eau. Il monte et je l'emmène à la clinique Meldis dans le quartier.

Quelques minutes plus tard, il est pris en charge par l'équipe de nuit. Pendant qu'on lui fait les soins, je peux le détailler tranquillement : le gars est plutôt un beau spécimen tout en muscles, avec des abdos wow ! Il est d'un noir d'ébène ; même l'infirmière qui lui fait un pansement semble perturbée. Il a une couronne grisonnante... étrange sur un homme qui paraît jeune.

Inconnu : Vous aimez ce que vous voyez ?

Je sursaute comme s'il m'avait giflée. Gênée, je détourne mon regard. Ce mec me met vraiment mal à l'aise. Ce sont les questions de l'infirmière qui m'interpellent.

Infirmière : Comment vous appelez-vous ?

Inconnu : Kader Diaby

Infirmière : Votre âge et ce que vous faites dans la vie ?

Kader : 40 ans... Je crois.

Infirmière : On avertit qui ?

Kader : Je ne sais pas.

Infirmière : Mais ?

Kader (*exaspéré*) : Ecoutez madame, je n'en sais rien ! Je n'arrive pas à m'en souvenir... Donc je ne sais pas !

La dame dépassée me jette un regard, certainement pour que j'intervienne. Je lève les bras en signe d'impuissance.

Moi : En fait... euh... Je lui suis rentré dedans... On n'a vraiment pas eu le temps de faire connaissance.

- (*Inquiète*) : vous ne pensez pas que c'est le choc ?

Infirmière : Nous allons faire un bilan plus approfondi.

Kader : Ecoutez, je suis en pleine forme... Courbatu mais je vais bien !

Moi : Je vous en supplie, il vaut mieux qu'on vérifie... Je vous en prie !

Il me fixe longuement, je prends sur moi pour soutenir son regard. Il lâche un soupir ; faisant contre mauvaise fortune bon cœur, il se laisse faire. Un dossier est ouvert en son nom et il devra passer la nuit en observation. Le lendemain, il passera des examens plus poussés.

Le lendemain

*** Kader ***

Dès que j'entends la poignée de la porte tourner, je fais semblant de dormir. Je ne crois pas avoir grand-chose, à part mon coude, mon épaule et mon dos qui m'élancent. J'ai plutôt bien dormi, je ne sais plus depuis quand je me suis reposé dans un lit. D'ailleurs, je ne me souviens plus de rien : à part de mes nom et prénom et de mon âge. Rien d'autre et cette ville, que dis-je ce pays qui ne me semble pas familier !

Les paupières mi-closes, je vois la jeune femme d'hier avancer doucement vers le lit. Elle semble vouloir faire le moins de bruit possible. Plutôt bien foutue comme fille, avec une énorme touffe de cheveux afro attrapés en chignon au milieu de sa tête. Elle essaie de poser sa main sur mon front ; j'ouvre les yeux et bloque son geste.

Elle : Euh... Bonjour !

Moi : Bonjour.

Elle : Co...Comment vous sentez-vous ?

Je sens son pouls battre très vite sous ma prise. Lol et c'est elle qui me demande comment je vais ?! Même si elle n'est pas d'un noir ciré, elle n'était pas claire... On va dire bronzée. Je réalise qu'elle attend ma réponse.

Moi (*relâchant ma prise*) : Hum... Je vais bien merci... Madame

Elle (*timide*) : Selma

Moi : Ok Selma

Selma : Je suis passée vous voir rapidement avant de commencer ma journée... Euh je vous ai rapporté quelques vêtements propres et des bricoles.

Elle pose le tout sur une chaise et s'en va, avant que je ne puisse la remercier.

Chapitre 2 : Selma

Une semaine plus tard

*** Fidjrossè – Cotonou, Bénin***

Selma

Coucou mes tatas, comment allez-vous ? Moi c'est Selma. Saria a voulu que je vous rencontre pour vous parler de moi. Bon je me plie, c'est elle la chrochro ou bien ?!

Je reprends dès le début, je suis Selma Whitney[1] Koukoui. J'ai 28 ans, célibataire (enfin pas encore mariée) sans enfant. Je suis l'aînée d'une fratrie de trois enfants : Anita, Joan et moi. Nos parents, Michel et Vera, sont séparés depuis au moins 15 ans. Ma mère vit en France et papa est au Bénin. Il y a 4 ans, il s'est remarié à Maman Adesua. Je suis décoratrice d'intérieur mais je travaille à CTN Mag en tant que chroniqueuse art et déco. Je fais également du dessin à mes heures perdues.

Je suis le mouton noir de ma famille, mais pas pour mon père. En fait, j'ai une mère fashionista et ma sœur est pareille, même si je la trouve plus arrogante. Joan lui, c'est le chéri de sa mère mais c'est un garçon correct et gentil. C'est également un gros sapeur, il est d'ailleurs chef produit dans une maison de marque à Milan.

Si vous voulez, à un moment chacun de nous a choisi son camp ; moi c'est mon père. J'aime le beau de par mon métier, mais pour moi la valeur d'une personne n'a rien à voir avec sa capacité à chausser « dignement » des Louboutins.

Le Rubicon a été franchi quand j'ai décidé de rentrer définitivement vivre avec mon père à Cotonou, une fois mon diplôme obtenu en arts décoratifs à l'ENSAD Montpellier. Quand ce dernier a rencontré maman Adesua, j'étais aux premières loges et je n'ai eu aucun mal à l'accepter. De toute façon, je pensais qu'il était temps que mon papounet refasse sa vie et ait quelqu'un pour prendre soin de lui et lui tenir compagnie.

Contrairement à mon frère et à ma sœur qui font la guerre à cette dame, elle et moi sommes plutôt complices. Krkr, je vous embrouille

---

[1] Un clin d'œil à ma couzo Blanche de Ouagadougou.

hein ! Je m'arrête là ; de toute façon, il n'y a plus rien d'intéressant à dire.

Je gare ma voiture devant la maison des parents et je descends. Maman veut me voir. C'est vrai que ça fait deux semaines que je ne suis pas passée à la maison. Rire... Pour elle c'est une éternité ! Dès que j'entre...

MA : Hey sweety ! Comme je suis heureuse de te voir ! J'espère que tou n'as pas mangé hein ! J'ai fait une sauce graine[2] dont tou me diras des nouvelles.

Moi : Maman, je suis au régime hein... Où est papa ?

MA : Il est sorti faire une course qu'il m'a dit... Mais qu'est-ce que tou fais debout ?! Assieds-toi. Emma ?! Emma ! Jesus-Christ (*avec un fort accent anglophone*), cette fille-là ! Tou veux quelque chose (*fort accent*), tou va crier son nom partout d'abord !!!

Moi : T'inquiète maman, je vais me laver les mains à la cuisine, j'en profiterai pour nous prendre à boire.

MA : Ok mon bébé.

Quelques minutes plus tard

On finissait de manger ; j'écoute d'une oreille distraite ma belle-mère parler, en jetant un œil de temps en temps sur le téléviseur. A un moment, comme chaque jour depuis quelque temps, mes pensées s'envolent vers Kader Diaby... Hum depuis la fois où il est sorti d'hôpital, je ne l'ai pas revu. Bon rien de spécial, je m'inquiète pour lui ; c'est quand même moi qui l'ai renversé ! C'est un homme plein de contrastes et de mystères.

Maman Adesua : Hey tou m'écoutes au moins ?!

Moi : Euh... Oui...Oui maman !

MA : Eh mais tou ne m'écoutes pas !

Moi : Si maman ! Mais, il faut que j'y aille là maintenant ! Il se fait tard !

---

[2] Sauce faite à base du jus recueillie des noix de palme.

MA (vexée) : Quand je veux te parler sérieusement ?!

Moi (lui faisant un bisou) : Maman, c'est bon je t'en prie... j'ai compris... Tu veux que je me case non ?! C'est compris !

Je sors de là vite fait... Hum si seulement elle savait !

Trente minutes plus tard

Je viens d'arriver chez moi. Hum... Mes parents veulent que je leur présente quelqu'un. A mon âge « ce n'est pas normal » que je sois encore célibataire. La discussion que je viens d'interrompre avec ma belle-mère ou plutôt ma mère (je n'aime pas trop l'autre terme) remue quelque chose en moi.

Ce n'est pas que je n'ai personne, non c'est juste plus compliqué que ça. Je suis dans une relation depuis trois ans avec l'homme d'une autre. J'ai rencontré Philippe Tometin quand je suis rentrée au Bénin. Revenant à ma relation... C'est au bout de deux ans que j'ai su qu'il y avait une autre femme dans sa vie. Il m'a expliqué que c'était une ex qui a du mal à capter que c'est fini entre eux. Tu parles !

Il m'est déjà arrivé d'en avoir marre mais je suis incapable de rompre. Ne me regardez pas de travers, ma mère (biologique) m'a souvent répété que j'aurais du mal à me caser (trop intello, trop noire et trop rêveuse) ; donc j'ai vite compris qu'à mon âge, il me faut me montrer patiente... Phil finira par arrêter ses conneries. Depuis, c'est un gros bordel et j'évite d'y penser.

Mais je me suis promis que je ne présenterai à mes parents qu'un homme bien sous toutes les coutures. C'est actuellement la pomme de discorde entre mon « chéri » et moi : nous sommes en froid ; monsieur a explosé quand je lui ai demandé pour la énième fois où nous en étions lui et moi. Hum !!! Je viens donc d'arriver chez moi...

J'ôte mes chaussures dans l'entrée. Ici c'est mon havre de paix, je m'y sens bien et comme à mon habitude, je laisse tous mes soucis dehors avant d'entrer. La décoration est à cheval entre le rétro et le moderne. Je n'ai pas encore fini d'aménager mais le résultat est top. Une baie coulissante sépare mon hall de la salle de séjour. Cette dernière est immense, j'y ai mis ma salle à manger et mon coin bureau. Pour tous meubles, un canapé gris-vert, un vieux fauteuil dans les tons gris, une table basse vert olive, le tout posé sur un grand

tapis avec des motifs de patchwork (cadeau de maman Adesua) et…
un téléviseur dernier cri (le seul extra que je me suis permis).

Dans la salle à manger composée d'une table et des chaises en fer
forgé (une œuvre d'art), j'ai posé sur les chaises, des coussins en tissu
wax. Bref, mon intérieur est tout sauf banal. Dans ma chambre, le
matelas est posé sur un lit sans pied, à 30 cm du sol, une grosse
lampe de chevet en forme de tournesol à côté ; de là, la vue tombe
direct sur un gros poster de Denzel Washington (ne me demandez
pas pourquoi, je suis folle de lui), puis mon dressing. Dans la
deuxième chambre, il y a juste un matelas posé à même le sol. La
cuisine et la salle d'eau… Rien de spécial, des pièces fonctionnelles.

Je pose le fourre-tout qui me sert de sac. Mon téléphone sonne…
hum quand on parle du loup.

Moi : Allô ?

Phil : Bonsoir bébé.

Moi : Bonsoir…

Comme à son habitude, il commence à parler : me servir son baratin,
je te jure qu'il n'y a plus rien, donne-moi du temps. Au bout d'un
moment je coupe… Oui je lui raccroche au nez… Je n'en peux plus,
alors il rappelle. Je ne décroche pas. Il n'arrêtera pas, jusqu'à ce que
je craque et que je lui retombe dans les bras. J'ai beau mettre
l'appareil sous silencieux, l'écran continuait de clignoter.

Quelques minutes plus tard

Dring ! Dring !!!

Je dépose mes couverts, prends le temps de m'essuyer la bouche
avant d'aller ouvrir. Je ne sais pas pourquoi ce mec est bouché !

Moi (ouvrant le portail) : Phil ! Je crois qu'on s'est déj… Oh ! C'est
vous ?!

Kader se tient devant moi, la pénombre cache la moitié de son visage
et ça le rend encore plus impressionnant.

Kader (voix rauque) : Je tombe mal peut-être ?

Moi : Non ! Non ! Entrez, s'il vous plaît.

Il avance et je m'efface pour le précéder dans la petite allée qui traverse le jardin. Nous arrivons sur la terrasse, j'ouvre et nous entrons.

- (*faisant un large geste*) : Voilà mon chez moi !

Toujours silencieux, il avance dans le séjour et regarde autour de lui. Ses yeux se posent sur mon assiette et il se tourne vers moi.

Kader : J'ai bien interrompu quelque chose.

Moi : Non, ne vous inquiétez pas. Ce n'est pas comme si j'avais un gros appétit non plus en ce moment. Installez-vous, s'il vous plaît.

Je rapporte une assiette et sans demander son avis je lui sers un peu de salade et une portion de lasagnes. Il s'attaque à son repas et nous mangeons en silence. A la fin, je débarrasse ; alors qu'il veut m'aider, il laisse échapper un gémissement. Instinctivement, je me précipite vers lui :

Moi : Vous avez toujours mal ? Faites voir, s'il vous plaît.

Sans un mot, il se laisse faire. Il fait tomber la manche de chemise de son bras blessé. Celui-ci a gonflé et les bandages ne sont plus tout frais.

Moi : Oh Gosh !

Kader : Je n'ai pas suivi le traitement

Moi (*choquée*) : Mais... Pourquoi ?

Kader : Selma ! Regardez-moi ! Je dors dans la rue ! Je fais des menues tâches pour manger ! Si je prends les cachets, ils vont m'assommer !

Moi : Vous n'avez pas de famille ?

Kader (*baissant la tête*) : Je n'en sais rien !

Je me lève et me dirige vers les chambres, je commence à ranger, puis nettoyer. Je fais le lit et trouve des vêtements propres ; hum Joan va m'engueuler lorsqu'il va rentrer ! J'ai encore quelques-unes de ses affaires chez moi, depuis son dernier passage. Les deux hommes ont à peu près les mêmes mensurations.

Moi (*revenant dans le séjour*) : Euh ! J'ai préparé la chambre d'amis... Vous pourrez rester ici, bien vous soigner... Quelques jours, le temps d'aller mieux.

Il se dirige vers moi à petits pas ; arrivé à mon niveau, il plonge son regard dans le mien. Je sens des papillons dans mon ventre.

Kader : Vous ne me connaissez pas Selma... Je ne sais pas exactement qui je suis... Je pourrais vous faire mal !

Moi (*redressant le menton*) : Je ne crois pas non !

Ne me regardez pas comme si j'étais folle. Je ne sais ce qui me permet de le dire mais... J'ai confiance en cet homme. Il me regarde longuement mais son regard ne laissait rien transparaître.

De son pouce, il me caresse le menton avant de se détourner. Ça n'a duré qu'une seconde mais je suis bouleversée.

Chapitre 3 : La fois de trop !

Quelques jours plus tard

***Chez Selma – Fidjrossè – Cotonou, Bénin ***

Selma

Aujourd'hui, j'ai day-off. J'ai décidé de la passer tranquillement chez moi. C'est sans compter sur l'objet de mon tourment. Je ne comprends même pas l'idée de débarquer chez les gens à 11h du matin.

« C'est qui celui-là ?! Depuis quand tu ramènes des mecs chez toi ?! Tu me nargues ! J'attends une réponse ! »

Moi (*chuchotant*) : Baisse d'un ton, s'il te plaît !

C'est Philippe qui vient faire sa folie chez moi ! Il tonne depuis 10 mn parce que Kader est venu ouvrir le portail quand il a sonné !

Hum… Lol… On est en froid depuis presque trois semaines ; d'habitude il sait que je craque au bout de deux jours, parfois même quelques heures et que je le supplie de me « pardonner ». Cette fois-ci, il a attendu longtemps, il faut le voir la mine serrée me demandant des comptes. Je le regarde dépassée moi-même par mes « choses », comment j'ai pu le supporter tout ce temps ?!

J'en suis là dans mes pensées quand j'entends derrière moi, la baie vitrée qui sépare le hall et le séjour coulisser.

Kader : Tout va bien Selma ?

Avant même que je n'ouvre ma bouche, votre parent se retourne et répond avec hauteur.

Phil : Elle est avec son fiancé… Donc tout va bien !

Chineke ! Comme le dirait maman Adesua ! Donc on est fiancés ?! Deux ans qu'il a du mal à sortir une femme de sa vie… Monsieur est jaloux comme un pou et capricieux comme un mulet et aujourd'hui nous sommes fiancés !

Kader plonge son regard dans le mien, comme si on était seuls… Il attend ma réponse… Je sens un long frisson me parcourir l'échine. Troublée, je murmure.

Moi : Oui

Il se retire tranquillement comme si Philippe n'était pas là. Ce dernier secoue la tête... Tchiip, il joue les offusqués pourquoi ?

Phil : Non mais oh ! Il est carrément chez lui, on dirait ! Ah ça ! Bravo hein Selma ! Bravo !

Moi : Phil, s'il te plaît ! Qu'est-ce que tu veux ? Tu penses sincèrement que tu es en droit de me demander des comptes ?! C'est toi qui es en faute ! C'est toi qui mènes une double-vie ! C'est toi qui t'es fâché et es parti ! C'est toi qui m'as dit que c'était fini !

Phil : Mais non chérie ! C'était pour te punir de m'avoir mal parlé, je...

Moi : Ok c'était alors la punition de trop ! C'est fini là ! Je n'en peux plus de tout ça !

Phil : Quoi ?! Tu me largues parce que tu as trouvé « Musclor » ?

Moi : Pense ce que tu veux !

Phil : Selma ! Selma ! Selmaaaa ! Si je passe cette porte ! Tu ne pourras plus te rattraper !

Je lui fais une révérence en lui montrant la porte ! Je suis fatiguée, épuisée, de tout ça ! Le même chantage, les affronts, l'irrespect ! Oui qu'il s'en aille et que je meure vieille fille. De toute façon j'ai déjà coiffé sainte Catherine, il reste quoi encore ?!

Mais lorsque la porte d'entrée claque et que j'entends le crissement furieux des pneus de sa voiture, mes épaules s'affaissent et je commence à pleurer. Recroquevillée dans mon canapé, le visage entre mes mains, je pleure. C'est horrible de réaliser que tous ses efforts, tout ce pour quoi on a avalé des couleuvres n'en valait pas la peine. Qu'on se soit fait avoir une fois de plus et qu'on en soit toujours à la case départ.

Kader

Apparemment, le fiancé de Selma est parti. Pas très agréable le bonhomme : hautain, grossier, il a une tête de parvenu. Comment un beau brin de fille comme elle peut se mettre avec quelqu'un comme ça ? Elle est vraiment magnifique, un corps ferme et fin comme une liane, une grosse touffe afro (que j'adore regarder quand elle ne me voit pas) qu'elle module au gré de son humeur. On sent quand même quelqu'un de très seul, manquant d'assurance. Quelqu'un qui se cache derrière de grands sourires.

Quand j'arrive au salon, elle est en train de... pleurer ! Sans bruit, il n'y a que ses épaules secouées de spasmes qui me laissent croire cela. Je me gratte la tête ; moi, c'est la partie du film que je n'aime pas avec les femmes ça. Gauche, je m'avance et m'assois derrière elle, je la sens se figer sans pour autant changer de position, alors je l'attire contre moi. Son dos contre mon torse, et je lui caresse les cheveux ; étrangement ils sont doux et soyeux. Ils sentent bon la vanille. Mes doigts glissent jusqu'à sa nuque et mes lèvres descendent jusqu'au lobe de son oreille, elle frissonne. Mon cœur battant la chamade, je la retourne doucement et commence à faire ce que je brûle de faire depuis le jour de notre rencontre : l'embrasser.

Elle répond à mon baiser avec ardeur et passe ses bras autour de mon cou. C'est la sonnerie du téléphone qui nous interrompt. Elle se détache et va fouiller dans son fourre-tout. Apparemment c'est le boulot, elle s'éloigne pour répondre. J'en profite pour me retirer.

Je ne dirai pas que je regrette mon acte, non ! Depuis, que j'ai intégré cette maison, l'ambiance est de plus en plus électrique. Je sais que je lui plais et elle a le même effet sur moi. Jusqu'ici, chacun de nous a essayé de jouer les aveugles. J'ai tout fait pour garder mes distances car je sentais bien qu'elle avait ses propres problèmes. Je me dirige vers ma chambre, je ne sais pas trop comment elle réagira après cette interruption.

Allongé sur mon matelas posé à même le plancher, je repense aux événements de ces derniers jours, à notre cohabitation. Une routine s'est installée entre nous : chacun dispose de son temps mais les repas, nous les prenons ensemble. Quand elle part travailler, j'en profite pour retaper la maison. Elle m'a expliqué que son père la lui a offerte quand elle est revenue au Bénin après ses études en France. Elle voulait essayer de la rénover elle-même, moi j'ai réalisé que je m'y connaissais en bâtiment. Ne me demandez pas comment, je n'en sais pas plus. J'ai trouvé des instruments dans la vieille remise qui jouxte le garage et je me suis mis au travail.

Quelques minutes plus tard, je l'entends s'activer à la cuisine. Elle ne m'a pas cherché donc... c'était probablement juste un baiser... Rien d'autre. Mec, ressaisis-toi ! Pendant que je m'admoneste, j'en profite pour me changer. J'ai besoin d'aller faire un tour. Arrivé dans le hall, je lance :

Moi : Je vais faire un tour… mais je rentrerai à temps pour manger.

Selma : Ok ! Le repas sera prêt dans une heure !

Moi : As-tu besoin de quelque chose ?

Selma : Non merci !

Moi : Ok à toute !

Des heures plus tard

Il doit être 20h quand je glisse ma clé dans la serrure de l'entrée. Dès que j'ouvre, je la vois passer la tête hors de la cuisine, certainement pour vérifier que c'est moi. Je la rejoins mais je reste à l'entrée… Mon haleine sent l'alcool. J'ai enchaîné des bouteilles de bière toute l'après-midi. Là, je vois son profil, elle est en train de mettre la nourriture dans des Tupperware… Certainement, notre déjeuner.

Moi : Suis désolé

Selma : …

Moi : Je n'ai pas vu le temps passer.

Selma : …

Moi : Selma ?

Selma : …

Elle finit sa besogne, toujours en m'ignorant et se dirige dans le fond de la cuisine où elle stocke de l'eau dans un grand seau pour faire la vaisselle.

Moi : Le robinet marche désormais.

Je m'avance pour ouvrir et l'eau coule, elle ne desserre pas la mâchoire et pose son bac sur la paillasse. Alors, j'empoigne sa touffe de cheveux et j'écrase sa bouche contre la mienne. Elle gémit.

- C'est pour éviter de faire ça ! Que je suis parti toute l'après-midi ! Et de faire ça !

En ouvrant sa tunique en deux. Je regarde comme émerveillé les deux précieux lobes de ses seins nichés dans la fine dentelle de son soutien-gorge. Je passe mes doigts dessus pour sentir les tétons se durcir. Elle me regarde éperdue !

Je m'accroupis et baisse sa culotte et je commence à lui caresser le sexe, elle était déjà humide. J'introduis un doigt en elle ; elle était vraiment étroite, quand je la lèche, elle gémit et pose une de ses mains sur ma tête pour que je continue. Je ne me fais pas prier, l'une de mes mains empoigne son joli popotin. Ses gémissements à chaque coup de langue sont grisants.

Après un moment, je me redresse en la regardant droit dans les yeux, j'enfonce un doigt en elle, profondément, son regard s'agrandit. Je le retire et le pose sur ses lèvres, elle lèche.

- tu as bon goût, tu sais ?

Pour toute réponse, elle mordille mon doigt et m'attire ensuite contre sa bouche. On se dévore, mes mains dégrafent le soutien-gorge. Elle me dénude également, je garde néanmoins mon pantalon, je sors une protection de ma poche arrière et je l'enfile, lui soulevant une jambe je la pénètre. Elle crie mon nom et m'enfonce ses ongles dans le dos. Je commence à bouger vite, je la sens perdre pied.

Tard dans la nuit

On venait encore de visiter les cimes du plaisir, quand elle se love contre moi. Nous avons fait plusieurs fois l'amour et pourtant dès que nous nous effleurons, le feu reprend. J'ai mes doigts dans ses cheveux quand elle me dit :

Selma : Tu es devin ?

Moi (*perdu*) : Euh...Non...Pourquoi ?

Selma : Tu avais des préservatifs sur toi... A moins que...

Moi : En rentrant je les ai achetés en pharmacie sur un coup de tête... Vu ce qui s'est passé ce matin...

Selma : Lol... J'aurais dû te tourner en bourrique.

Nous rigolons un peu, j'en profite pour l'attirer encore plus près de moi.

Moi : Hum… Selma ?

Selma : Oui

Moi : C'est quoi la suite ?

Elle pose un regard interrogateur sur moi.

- Je veux dire… On a fait l'amour à plusieurs reprises… Je suppose ou j'espère de toutes mes forces que tu n'as pas de regrets… mais je n'ai rien à t'offrir…

Selma : Je…

Moi : Laisse-moi finir s'il te plaît. Je ne parle pas seulement d'argent, je ne me souviens de rien, je ne sais pas vraiment qui je suis, comment j'en suis arrivé là, d'où je viens… Peut-être que je suis un criminel ! Je n'ai pas à t'entraîner dans ça !

Selma : Tu es une belle personne… Mon intuition ne me ment pas !

Moi : Tu ne comprends pas ! Je ne peux pas m'engager avec quelqu'un si je ne sais pas qui je suis !

Selma : Hmmm… Ok je vois.

Elle se redresse et tire le drap pour se couvrir. Je vois que ce que je dis ne lui plaît pas…

Moi : Tu vas où ?

Selma : Dans ma chambre, tu as tiré ton coup et là tu procèdes à un recadrage qui pour ma part n'est pas nécessaire. J'ai compris !

Moi : C'est vraiment ce que tu penses ? J'essayais juste de….

Selma (*me coupant*) : Ne te fatigue pas ! J'ai compris !

Elle récupère ses affaires et sort. Je la laisse faire. Ne me regardez pas comme ça, vous voulez quoi ? Que je lui coure après ?! Non ! Je voulais qu'on discute en adultes mais apparemment ce n'est pas possible. Quand elle sera plus calme ; on ne parlera. Pas avant !

Chapitre 4 : Chagrin

*** Siège de CTN Mag – Cadjèhoun – Cotonou, Bénin***

Selma

J'assistais comme tous les jours à 10 h, à la réunion éditoriale. Mais si mon corps était présent, mon esprit lui, est resté à Fidjrossè. Depuis la fois où la discussion a tourné court avec Kader, c'est le froid entre nous. Comme je n'ai jamais été douée pour la rancune, j'ai presque envie de lui demander pardon en courant. Je n'y arrive pas, même en sachant que j'ai été impulsive, que j'ai fait preuve d'immaturité ! J'ai peur qu'il en abuse plus tard comme Phil l'a fait avant lui. Du coup, je ronge mon frein.

« Ohé ! La terre à Selma ! Allôôô ! »

Je lance un regard noir à Tim mon « bon » collègue comme je l'appelle. En retour il m'envoie un baiser du bout des doigts. Je le Tchiip et détourne le regard. Il me fatigue en ce moment avec son éternelle bonne humeur. Timmy La Fouine c'est le genre de mec qui prend la vie du bon côté, toujours optimiste. Lorsque j'ai intégré le magazine, il n'arrêtait pas de me taquiner. Un jour j'en ai eu marre et je lui ai dit que je n'étais pas intéressée, il a paru choqué avant de me dire :

« Jamais je ne drague un cul plat ; Selma, le jour où tu auras une forte poitrine et de grosses fesses, là tu seras l'objet de mes fantasmes ! ». C'était à mon tour d'être choquée, je lui ai dit « le cul plat t'emmerde ! ». Il a rigolé et depuis on est devenu potes. Hormis, sa barbe qui est identique à celle du rappeur français La Fouine, Tim est vraiment doué pour dénicher le plus gros ragot people... Bref, une vraie fouine ! Mais un chic type... C'est lui qui m'a révélé, preuve à l'appui, le double-jeu de Phil. Bon je me perds là !

Hum « Kader », rien que son prénom me donne des frissons. A quel moment il a pris autant de place dans ma vie ?! Une vraie force tranquille, il ne dit rien et m'observe depuis qu'on est fâchés. Quand il rentre avant moi, il fait systématiquement à manger. Dès qu'il finit, il lave tout ce qu'il a utilisé et remet en place. Dommage qu'il n'ait plus de mémoire, je l'imagine bien en militaire. Si je vous dis que je sais ce qu'il fait de ses journées, je mens.

C'est le bruit des chaises rangées par les collègues qui me fait sortir de ma rêverie. Apparemment, la réunion est finie, je n'ai rien retenu.

J'espère juste que rien d'important n'est prévu cette semaine. Hum !!! Je soupire encore avant de me lever péniblement.

Kader

Je rentre fatigué comme chaque jour, depuis maintenant deux semaines environ. Ah apparemment, ma « colocataire » est rentrée plus tôt aujourd'hui. Je laisse ma caisse à outils devant ma chambre, mon téléphone portable et mon portefeuille dans le vide-poche posé sur un petit meuble à l'entrée et passe me laver les mains à la cuisine.

Moi : Bonjour Selma

Selma : Hmmm.

Elle vient de faire à manger et ça sent vraiment bon, c'est l'une des choses que j'aime chez elle. Bien qu'elle soit occupée, c'est la nana qui mange ou achète rarement des plats cuisinés dehors.

Moi : Donne-moi le temps de me rafraîchir et je reviens mettre la table.

Selma : Ok

Voilà à quoi rime une conversation entre elle et moi depuis cette fameuse nuit. Je ne m'en formalise pas du tout car je n'ai rien à me reprocher !

Trente minutes plus tard

Nous mangeons, en silence quand mon téléphone que j'avais récupéré se met à sonner... Avec insistance. Je rejette l'appel mais la personne continue, moi-même je commence à être agacé. Je coupe mon téléphone et le pose près de mon assiette. Je rencontre le regard courroucé de Selma.

Selma : Quoi, c'est encore une femme ? Ne t'inquiète pas, de toute façon ça n'a pas arrêté ! Un vrai standard ma parole !

Moi (*la regardant*) : ...

Selma (*criant*) : Quoi, tu es devenu muet « Monsieur je ne peux pas m'engager si je ne sais pas qui je suis » ?! C'est peut-être à ça que tu passes tes journées ! Des femmes qui t'appellent en boucle, Mona, Carmen, Leïla !

Moi (*froidement*) : Un, tu ne touches pas à mon téléphone ! Deux, tu veux parler ? Tu veux des réponses, ok ! Mais tu baisses d'un ton ! Si tu n'es pas capable de parler sans crier ou sans m'insulter, on arrête les frais !

Je n'ai pas haussé le ton une seule fois mais je crois que mon message est passé 5/5. Elle se lève et me tourne le dos, les bras passés autour d'elle. Je réalise qu'il y avait un truc qui ne tourne pas rond.

- Selma !

J'ai presque soufflé son prénom. Elle se cache de moi. Je la rejoins et me mets juste derrière elle sans la toucher. J'appelle son prénom d'un ton doux.

Selma

Il prononce mon nom comme une caresse et mon corps réagit instinctivement. Il est juste derrière moi et je sens son souffle chaud sur ma nuque. Mais je refuse de me retourner et de lui montrer ma détresse. Ces appels téléphoniques intempestifs ont réveillé des souvenirs douloureux en moi.

Kader : On va s'asseoir et parler... Tu veux bien ?!

Je hoche la tête, la gorge trop nouée pour parler. Je m'installe dans le canapé loin de lui, à l'extrémité, il me rejoint sans un mot.

- Je ne sais pas mais je crois que j'ai appris un métier lié au bois, c'est vrai aussi que je me débrouille bien dans le bâtiment. La dernière fois, le voisin d'en face est venu demander après toi. Il voulait que tu lui donnes le contact de ton ébéniste, il a vu les réalisations que j'ai faites à la porte d'entrée du salon. Je lui ai dit que c'est moi qui avais fait la rénovation. J'ai fait pas mal de travaux liés au bois chez lui. A la fin il m'a demandé la facture, j'ai avancé un chiffre, il a payé sans rechigner.

Il m'a demandé mon contact et ma disponibilité pour me mettre en relation avec une amie à lui. Actuellement, je bosse sur le chantier de cette dernière, sans compter que je prends également des rendez-vous pour des travaux ponctuels. C'est pourquoi j'ai changé le téléphone que tu m'as offert, avec le nouveau. Je peux gérer mon planning. Regarde mes mains, Selma.

C'est vrai qu'elles semblent plus rugueuses qu'à son arrivée. Mais j'ai encore un doute.

Moi : et les filles qui t'appellent sans arrêt ?

Kader : J'ai bossé pour elles… Mais il y en a qui veulent plus.

Un silence passe et je m'entends dire au bout d'un moment.

Moi : Et toi ? Toi tu veux quoi ?

Kader : Selma… Elles ne m'intéressent pas !

Je souffle bruyamment, et essuie mon visage où coulent des larmes.

Moi : Pourtant… Tu m'as rejetée après… Après m'avoir fait l'amour.

Il plonge un regard franc et direct dans le mien.

Kader : Non ! Tu es partie ! Tu ne m'as pas laissé aller jusqu'au bout de mon développement. Oui, je t'ai dit que je ne pouvais pas me mettre avec quelqu'un si je ne sais pas qui je suis. Selma… Tu me plais… énormément ! Mais je ne peux rien t'offrir ! Je voulais que tu sois consciente de tous les paramètres afin de faire un choix !

Moi : Ok… en gros tu veux être réglo

Kader : Oui !

Moi : Mais ça n'existe pas ça !

Kader : Quoi ?

Moi : Des mecs réglos

Kader : Je ne suis pas un saint… Mais pour ma part je préfère quand les bases sont posées. En plus… Tu sors d'une relation qui je suppose a été difficile… Tu me regardes à travers le prisme de ce que tu as traversé… Je pense qu'on devrait se donner du temps !

Moi : Ok… Je suppose que tu as raison.

Kader : Si tu n'es pas d'accord, c'est ton droit de me le dire...

Moi : Ah oui ?

Kader : Oui

Avant qu'il ne comprenne ce qui lui arrive, je me mets à califourchon sur lui et capture sa bouche. Le premier moment de surprise passé, il répond à mon baiser. Ses deux mains me caressent le bas du dos, élargissent la taille de mes leggings et passent sur mes fesses. Il m'arrache un gémissement quand je sens ses doigts caresser ma fente, je me mets à mouiller.

Je ne suis pas d'accord, je veux plus, je veux prendre le risque... Je le veux lui Kader et je veux le lui montrer... Mais pas avec des mots. D'une main fébrile, j'ôte mon top et m'attaque à son t-shirt, nos regards se rencontrent... Le sien est plus sombre que d'habitude, certainement à cause du désir brut que j'y lis. Je sens sa main remonter mon dos, puis revenir pincer mon téton au même moment où il introduit un, puis deux doigts en moi. Il reprend le geste plusieurs fois ; à un moment je me sens partir.

Moi : Oh Kader !

Kader : Hmm

Il se lève avec moi toujours à califourchon sur lui et je noue mes jambes autour de sa taille ...direction la chambre.

Les jours qui suivent sont idylliques. Il ne parle pas beaucoup mais il est très tactile. L'autre chose que j'ai également remarquée, c'est qu'il ne rechigne pas à la tâche. Jamais je ne me suis sentie aussi entourée par un homme : il anticipe mes désirs et a une très grande capacité d'observation.

Un soir, on suivait un match de foot ou plutôt lui suivait et moi je dessinais. Son téléphone sonne plusieurs fois mais il ne décroche pas. Je regarde l'heure, presque 23h ! J'essaie de garder mon calme mais ça ne me plait pas du tout. L'air de rien, je jette un œil sur l'écran et je lis Carmen. Cette fille n'arrête pas d'appeler, souvent très tard le soir ou à l'aube, même les weekends. Je sens une grosse bouffée de colère monter en moi.

Je me lève, ramasse mes affaires avec des gestes brusques et tourne les talons. Non ! Non ! Non ! Ça ne va pas reprendre ! Je ne le supporterai pas… Je l'aime trop pour …Quoi ?! Je viens de réaliser mes sentiments pour l'homme assis dans mon séjour. Je l'aime… C'est bien ce que vous avez entendu ?

Je suis tellement dans mes états, que je n'entends pas Kader me suivre. C'est lorsque j'entends sa voix que je sursaute.

Kader : Que se passe-t-il ?

Moi : Rien

Kader : O-K… Rien puis tu trembles de tous tes membres comme ça ? Selma, je te connais ! Il se passe quoi ?!

Si je veux qu'il m'écoute, il ne faut surtout pas que je crie. Alors j'inspire fort et refoule mes larmes.

Moi : Tous les jours ton téléphone sonne, à des heures impossibles. C'est toujours une femme ! Toujours ! Comment veux-tu que je me sente ? Je n'ai plus la force d'endurer ça !

Kader : Selma ! Je t'ai dit qu'il n'y avait rien ! Elles se calmeront !

Moi : Même Carmen ? J'ai l'impression qu'elle, c'est une coriace !

Kader (*me prenant dans ses bras*) : Viens là, toi ! Je ne suis pas LUI ! Il faut que tu me croies, chérie !

Bam ! Bam ! Bam ! Chérie ?! C'est la première fois qu'il m'appelait ainsi. Il passe ses deux pouces derrière ma nuque et je frissonne. Il colle son front au mien.

- La seule qui occupe mon esprit à temps plein, c'est toi !

Moi : Ok mais… J'estime que j'ai le droit de passer du temps tranquillement avec toi ! Sans interférence ! J'ai besoin de sentir que MON homme est à moi et que je ne le partage pas !

Pour toute réponse, il m'embrasse et j'oublie tout.

Un peu plus tard

Je suis allongée sur lui, sa main glissant le long de mon dos, dans une douce caresse.

Kader (*tendrement*) : Dis-moi ce qui t'a traumatisée autant... avec les hommes...

Moi : ...

Kader : Bébé ?

Moi : Phil... m'a pendant plusieurs années fait croire qu'il avait une ex qui n'acceptait pas la fin de leur relation. La fille, Simène, appelait tout le temps. On aurait dit qu'elle savait quand il se trouvait avec moi. Sans compter les aventures qu'il avait à gauche et à droite. J'ai accepté ça pendant trois ans... Crois-moi, je m'en veux pour ça ! Je l'ai laissé me malmener, me faire du chantage quand je lui demandais des comptes ! J'ai fini par comprendre que sa relation avec la fille est mature : ils vivent ensemble même si elle voyage beaucoup à cause de son business. Mais pour une raison obscure, il ne voulait pas me lâcher.

Un silence passe, il continue de me caresser le dos, cette fois du bout des doigts.

- Tu sais... Je m'attache vite aux gens... et je suis entière... Je refuse en fait de revivre tout ce par quoi je suis passée. Accepter de faux compromis à cause de la peur de me retrouver seule m'a beaucoup fragilisée et je me dis que plus jamais je ne permettrai que ça m'arrive.

Un autre silence passe, puis de sa belle voix grave il murmure à mon oreille...

Kader : Comme ça je suis TON homme ?

Soudainement intimidée, je cache mon visage dans son cou. Il grogne et enfouit ses doigts dans ma touffe.

- Alors ?

Moi : Oui... Je sais que tu ne veux pas t'engager, que tu ne veux pas de promesses... Mais moi je... Je te veux peu importe combien de temps ça va durer. Je ne voudrais pas avoir des regrets demain pour avoir raté l'opportunité d'apporter de la joie dans ma vie.

Kader : Ok

M'asseyant à califourchon sur lui, je le regarde droit dans les yeux. Comme d'habitude, son regard est franc et direct.

Moi : Ok ?

Kader : Oui... Je veux bien être TON homme. Mais pas de promesses !

Moi : Ok, ça me va... pas de promesses !

On scelle notre deal par un long et tendre baiser. Je finis par m'endormir, je crois.

Kader

Je sens son souffle régulier dans mon cou. Ce n'est pas confortable mais je n'ose pas bouger pour ne pas la réveiller. Elle a le sommeil tellement léger ! Eh oui ! Au bout de cinq mois seulement, je la connais parfaitement. Je suis fou d'elle mais ça, elle n'a pas besoin de le savoir. Je vous fais confiance pour garder mon secret.

Elle réveille mon instinct protecteur. Douce et fragile, avec un sale caractère quand elle est contrariée (ce qui arrive assez souvent, je dois le confesser) ! Selma me fait craquer. C'est une jeune femme qui étonnamment manque cruellement d'assurance et Philippe ne l'a pas beaucoup aidée ; au contraire il a su exploiter son besoin d'être aimée. Elle n'en parle pas beaucoup mais je crois qu'elle a plusieurs blessures qu'elle cache sous son grand sourire.

Oui définitivement, je suis dingue de ce bout de femme. Il faut que je la ménage, que je la rassure. Je ne peux pas donner plus. Je suis tourmenté parce que je n'arrive pas à savoir qui je suis. Ma hantise est de ne jamais recouvrer la mémoire ou pire, réaliser quand ma mémoire reviendra que j'étais quelqu'un de mauvais. M'engager et devoir renoncer à elle parce que je ne la mérite pas ! Quand elle m'a proposé de rester ici, j'ai accepté pour pouvoir me soigner. Je ne sais plus à quel moment les choses ont changé... et je suis resté.

Chapitre 5 : Pas assez bien pour toi

Quelques semaines plus tard

*** Cadjèhoun – Cotonou, Bénin***

Kader

Aujourd'hui c'est samedi, on a décidé de faire nos courses au supermarché Mont-Sinaï. C'est d'ailleurs la première fois que ça nous arrive depuis que nous vivons ensemble. Je pousse le chariot dans les rayons étroits du supermarché. Selma, liste et stylo en main, barre ou arbitre. A un moment, je l'entends s'exclamer puis disparaître dans le rayon des produits d'entretien.

Moi : Euh Selma ? Tu es sûre que…

Voix inconnue (*avec un fort accent anglophone*) : Ah ! Michel ! Je ne me trompais pas, c'est bien Selma que j'ai aperçue !

Me retournant, je tombe sur une belle dame claire d'un certain âge. Un monsieur de la même génération la suivait également avec un chariot rempli. La dame pose sa main sur mon bras et m'interpelle.

Inconnue : Jeune homme, vous êtes bien accompagné de ma fille Selma ?!

Moi : Euh…Oui…Oui

Inconnue : Mais où est-elle passée ?!

Moi : Je crois qu'elle est allée chercher…hmmm…

Selma (*réapparaissant*) : Du détergent !

Moi : Oui voilà !

J'observe la fille-là, elle n'est pas nette ! On était tous debout au milieu de l'allée !

Inconnue : Tou ne nous présentes pas ?

Selma : Ah pardon ! Papa, maman je vous présente Kader Diaby… euh un ami, Kader… Michel et Adesua Koukoui, mes parents.

Moi : Enchanté !

Maman : Nous de même !

Nous nous serrons chaleureusement la main. Comme Selma et moi avons fini nos courses, je prends les paquets des parents et les charge dans la voiture. Une RAV 4 dernier cri ! Eh ben ! Tu sens tout de suite l'opulence quoi ! Dès que je finis, je me tourne vers eux pour dire au revoir.

Maman : Venez manger à la maison tous les deux ! Demain pourquoi pas ?!

Selma : Je ne sais pas si ça convient à Kader... et puis...

Moi : Avec plaisir !

Dès qu'on entre dans la voiture, elle explose :

Selma : Mais qu'est-ce qui t'a pris d'accepter ?

Selma

Il ne bronche pas d'un iota au contraire, il met son casque et chantonne ! Je fulmine dans mon coin, je sais qu'il a horreur des cris. Je commence déjà à regretter un peu mon humeur ; on arrive à la maison. Je gare la voiture, nous la déchargeons ensemble en silence. Il entre dans la cuisine et éclate de rire, c'est la première fois que je le vois comme ça, Kader riant aux larmes et moi, me demandant ce qu'il y avait d'hilarant. Il se calme progressivement.

Kader : Dieu, Selma ! Tu as vu ta tête ?! On dirait une petite fille prise en flagrant délit ! Tu as 28 ans nom de Dieu !

Moi : ...

Redevenant sérieux... Il me fixe longuement avant de détourner le regard.

Kader : C'est moi le souci ou bien tu ne veux pas présenter un mec à tes parents ?

Moi : Ce n'est pas ce que tu crois... Je n'ai pas honte de toi... Je ne veux juste pas étaler ma vie !

Kader : Tu peux m'expliquer ?

Moi : Déjà mes parents sont séparés, ma mère vit en France avec Anita et Joan mon frère est en Italie. Maman Adesua, c'est ma belle-mère, une femme délicieuse mais très très... présente si tu veux. Mes parents me mettent la pression pour que je fonde un foyer. Moi, je ne me sens pas prête et j'aime bien évoluer à mon rythme. Je ne veux pas leur présenter quelqu'un, faire naître de l'espoir et ça va foirer.

Kader : Comme avec Phil...

Moi : Comme avec Phil.

Un silence passe comme s'il cherchait ses mots. C'est l'une des choses que j'apprécie chez lui ça.

Kader : Je pense que tu te mets la pression toute seule. Je crois qu'ils ont suffisamment de maturité pour faire la part des choses... Ils veulent être sûrs que tu mènes une vie correcte, comme les jeunes femmes de ton âge... Que tu vois quelqu'un de sérieux... Et crois-moi si j'étais à leur place, je ferais pareil ! Je serai heureux de manger chez eux... et de te voir évoluer dans une facette de ta vie.

Moi : Toi et moi... C'est compliqué... Tu le sais puisque c'est toi qui as posé les règles... Tu veux aller manger chez eux... Après...

Kader : Détends-toi ma belle ! A chaque jour suffit sa peine, ce n'est pas comme si j'y allais pour demander ta main non plus.

Il m'enlace et me fait un smack sur la tempe. Apparemment pour lui c'était réglé ! Les hommes quoi ?! Moi je savais que Maman Adesua n'allait plus me lâcher après une visite comme ça.

Au même moment

Eaubonne - France

Chérifa

Un an, six mois et trois semaines que mon papa est décédé. C'est du moins ce qu'ils disent mais je ne les crois pas. La lumière dans mon cœur reste allumée ; tant que ce sera comme ça, pour moi mon papa vit. Il aurait été enterré à Ouagadougou. Je marque les jours, entre temps j'ai arrêté les compétitions de breakdance car c'est lui qui m'accompagnait et me soutenait.

A chaque fois, j'essaye de me remémorer la dernière fois qu'on s'est vu. La veille de son départ, il est rentré tard. Mon frère Yacine et moi étions déjà couchés. Moi, je ne dormais pas mais je ne suis pas descendue le voir et quand il est passé dans ma chambre, j'ai fait semblant de dormir. Je ne voulais pas qu'il le fasse, ce voyage au Burkina Faso ; j'avais une compétition importante et il avait promis d'être là… alors je boudais. Le lendemain, il était parti en laissant un mot sur ma porte.

Je suis une jeune fille de 16 ans aujourd'hui et j'ai trois amours dans ma vie : mon père, la danse et mon frère. L'école, j'y vais parce que mon papa y tient et je mets le paquet ! Avec Marlène ma belle-mère, la maman de Yacine, on se déteste cordialement. Ma grand-mère paternelle est venue s'installer avec nous depuis la mort de son fils. Ce n'est pas de tout repos mais au moins Marlène se tient à carreau.

Je caresse la photo de mon papa, collée contre le mur. La porte s'ouvre avec fracas : la seule personne qui se permet ça, c'est Yacine. Mon bonhomme de douze ans, un vrai génie ce garçon, sérieux avec ses grosses lunettes et sa touffe afro.

Moi : Combien de fois dois-je te dire de frapper avant d'entrer ?

Yacine : Pardon… Mamie veut que tu descendes faire tes prières et on passera à table après.

Moi : …

Yacine : Ne discute pas, s'il te plaît ! Après on pourra se retrouver tranquille et discuter ; je vais te montrer les nouvelles vidéos que j'ai téléchargées pour toi.

Moi : Je ne remonterai plus sur une scène ! Tu perds ton temps.

Yacine (têtu) : On les regardera pour le fun alors !

Je réponds à son clin d'œil par une grimace. Il m'empêche de sombrer avec son éternel sourire. Je me prépare pour descendre. Mamie peut se montrer extrêmement sévère quand il s'agit de la religion. Papa, lui était assez flexible sur ce plan. Hum… Papa !

Chapitre 6 : Le déjeuner

Cadjèhoun – Cotonou, Bénin

Adesua

Hello world, moi c'est Maman Adesua, je souis la mère de Selma. Je suppose que vous savez comment ? Sinon, Dieu ne m'a pas accordé la grâce de porter la vie ; ce qui m'a valu pas mal de malheurs. Dépouis que mon chemin a rencontré celui de Michel et de Selma, je revis. Aujourd'hui, je souis particulièrement heureuse parce que ma fille nous ramène quelqu'un. A une certaine époque j'ai même cru que… vous savez qu'elle était d'un autre bord. Après j'ai réalisé que c'est peut-être parce qu'elle ne rencontrait pas le bon qu'elle ne nous disait rien.

Bref… Le beau spécimen que j'ai vu à Mont-Sinaï là hum ! Il est bon pour mon bébé. Comme je souis happy alors je mets les petits plats dans les grands sous le regard amusé de mon époux. Dépouis hier, j'ai prévu le menu, j'ai tout revu dans les détails. Il faut que tout soit parfait.

Michel : Humm… Les gens se décarcassent pour leur gendre. Ade chérie, tu ne trouves pas que tu mets la charrue avant les bœufs ?! Façon ta fille a hésité avant de le présenter, je sens que ce n'est pas son petit ami !

Moi : Oh chéri ! Pourquoi tou joues les rabat-joie ? Ce n'est pas toi qui te fais du souci pour elle ? Moi je sens qu'il y a quelque chose entre eux. Je vais prier Baba God pour que ce soit le bon !

Michel : Ok je me tais. Je pourrais avoir un thé s'il te plaît, tu ne m'en as pas proposé aujourd'hui !

Moi : Sorry oh love, je te l'apporte.

J'étais tellement occupée que je manque à tous mes devoirs. Vous trouvez que j'en fais trop ? Non ! Je dois énormément à Selma d'être avec son père. Elle m'a ouvert les bras sans hésiter et m'a aidée à m'intégrer ici dans cette maison. La seule fois où en quatre ans j'ai vu les autres enfants de Michel, cela s'est mal passé. Heureusement qu'elle était là ! Je voudrais qu'à son tour, elle connaisse l'amour, qu'elle n'attende pas aussi tard que moi pour être heureuse ! Voilà !

Quelques heures plus tard

J'entends sonner, je me dépêche d'aller ouvrir. Ils sont là, beaux et les bras chargés : des fleurs pour moi et une bouteille de vin pour Michel.

Moi : Ah mes enfants ! Entrez, voyons ! Selma, arrête de faire l'étrangère et guide Kader s'il te plaît. Faites comme chez vous, mes chéris. Je vais chercher mon amoureux.

Je reviens quelques instants plus tard avec mon époux. Les deux hommes se serrent chaleureusement la main. Selma, elle, embrasse son père.

Michel : Toi ça va, puce ?

Selma : Oui Pa

Michel : Ok

Nous nous mettons à table tout de suite. Le repas se déroule très bien, nous finissons l'entrée lorsque mon homme dit...

Michel : Tu sais, j'ai lu le dernier numéro de CTN Mag, je trouve que ton élément sur l'ébénisterie est excellent... Tu as dû faire de la recherche non ?

Selma : Oui... enfin... euh c'est Kader qui fait de très belles œuvres... Du coup, j'ai montré un peu comment valoriser nos maisons avec du bois. Il en a fait quelques-unes à la maison.

Michel : Ah bon ! Je voudrais bien voir ça de près, moi.

Kader : C'est quand vous voulez papa...euh Monsieur...euh

Michel : Appelle-moi papa... si tu veux.

Kader : Ok papa.

Selma

Je finis de parler avant de réaliser les implications de mes propos. Je lève un regard paniqué vers mon père qui garde un visage impassible. Ouf ! Je l'ai échappé belle !

On attaque le plat de résistance quand papa revient à la charge en parlant directement à Kader.

Papa : Comme ça, vous avez vu l'antre de Selma !

Kader : En fait, j'y vis depuis presque quatre mois environ.

Papa : Eh ben chapeau !

J'ai envie que la table s'ouvre et que je rentre dedans quand il répond. Kader et sa franchise ! Ce garçon dit ce qu'il pense, comme s'il énonçait un avis sur le temps ! Il n'a pas de filtre ; c'est l'une des choses que je sais sur lui.

Maman : Eh ben Selma, tou aurais pu nous le présenter dépouis ! Mon fils... en tout cas, bienvenue ici !

Selma : En fait ce n'est pas exactement ce que vous pensez ! Au début c'était assez catastrophique... Notre rencontre.

Papa (*me coupant*) : J'espère que vous êtes gentil avec elle !

Kader : J'essaye... après il nous arrive de nous accrocher.

Papa : Vous avez longtemps vécu en France ?

Kader (*surpris*) : Moi ?

Papa : Oui vous... En fait, je le dis à cause de votre accent ! Je me trompe peut-être ?

Un silence gêné s'installe... Un accent, j'interviens alors.

Moi : Tu trouves ?

Papa : Bah oui ! C'est peut-être parce que tu as le même que tu ne l'as pas reconnu ! C'est vrai que celui de Selma est légèrement chantant mais lorsque vous vous exprimez on se doute que vous avez longtemps vécu en France ! Vous en faites une tête ! J'ai dit quelque chose qu'il ne fallait pas ?

Kader : Humm ! Je...

Moi (*précipitamment*) : Tu as raison nos deux accents s'annulent !

Après le repas, nous laissons les hommes discuter, pendant que nous débarrassons. Dès qu'on entre à la cuisine, maman me serre dans ses bras.

Maman: He is the best!

Moi : Lol... Toi tu es une éternelle romantique, tu ne le connais même pas !

Maman : Tou sais... Je le sens dans mon cœur... Il est bon, ce gars. Il est gentil et ça se voit qu'il a des sentiments pour toi.

Je rigole pour cacher ma gêne ! Kader ! M'aimer ? Non, ce n'est pas possible. Le gars, j'ai l'impression qu'il a peur de s'engager. Il est merveilleux au lit et dans le quotidien mais il a été plus que clair.

- Tou as des doubts. Mais crois-moi c'est ton homme, sweety ! Et puis tou vois ses fesses ?

Moi : Maman !

Maman (*rigolant*) : Quoi ?!

Moi : Tu veux me ramener une théorie fumeuse.

Maman : Oh toi aussi ! Je sais que ce que je veux te dire c'est hot mais il n'y a pas de fumée !

Nous éclatons de rire, elle avait encore du mal avec certaines expressions. C'est ce qui fait d'ailleurs son charme, ma maman nigériane. Etrangement, je n'ai pas ce genre de relations avec ma mère. Pour elle, je suis « différente » ! Dès que j'ai pu, je suis partie ; je ne la déteste pas non, mais on n'est pas complices. C'est avec mon expérience que j'ai la preuve que la maman n'est pas forcément celle qui a porté la grossesse.

Je reporte mon attention sur Maman Adesua. Qui m'explique que les fesses, les pieds et les mains d'un homme pouvaient laisser imaginer ses mensurations... Hmmm, vous suivez mon regard ? Je pleurais de rire quand nous sommes sorties de la cuisine.

Plus tard à la maison

Dans les bras de Kader, après l'amour il me caresse le dos, ce que j'adore.

Kader : Tu crois que ça s'est bien passé chez tes parents ?

Moi : Euh ! Oui…

Kader : Je crois également… Selma ? Si ça se trouve j'aurais vécu en France !

Moi : …

Je sais que le fait de ne rien savoir sur lui-même le tourmente énormément. Certaines nuits, quand je me réveille, il a les yeux ouverts… en proie à des insomnies.

Kader (*murmurant presque pour lui-même*) : Je t'aime

Moi (*me redressant*) : Pardon ?

J'ai entendu quelque chose mais je n'en suis pas sûre. Il a les yeux fermés comme s'il était endormi. Au moment où je commence à me demander si mon imagination ne m'a pas joué un tour, il les rouvre. Inspire fortement avant de dire…

Kader : Je t'aime Selma ! Dieu ! Je m'étais juré ne jamais te le dire ! Pas tant que je ne sais rien sur moi ! Mais je réalise que j'ai beaucoup de chance de t'avoir. Tu donnes un sens à ma vie ! Quand j'ai l'impression que je suis en train de devenir fou… il me suffit de poser les yeux sur toi et ça m'apaise… Tu m'apaises… je me dis que tu es une bénédiction, un cadeau du ciel.

Moi : Je t'aime aussi, Kader !

Kader (*voix tendue*) : Qu'est-ce qu'on va faire ?

Moi : Je sais que c'est dur pour toi de ne pas savoir qui tu es… Je te propose… Pour le moment de prendre les choses telles qu'elles viennent !

Un ange passe… Il reprend la parole, la voix pleine d'émotion, ce qui accentue les intonations rauques de celle-ci.

Kader : Promets-moi que si je retrouve la mémoire, que si je suis un danger pour la société… Promets-moi que tu t'en iras !

Moi : …

Kader (*insistant*) : Selma ! Je veux ta parole !

Moi (*les larmes aux yeux*) : Je ne pourrai pas Kader… Tu es quelqu'un de bien, je le sais, je le sens ! Et même si ce n'est pas le cas… Je ne…

Kader : Promets-le, s'il te plaît ! Fais-le pour moi bébé !

Je me contente de hocher la tête, la gorge nouée. J'ai peur d'éclater en sanglots. Je viens de trouver l'amour mais il y a tellement de zones d'ombre… Tellement !

Chapitre 7 : Un choix douloureux

Quatre mois plus tard

Sous d'autres cieux

Eaubonne – France

Maman Zouhé

Booba vient de m'appeler ; il arrive et a des nouvelles pour moi de Ouagadougou. Je descends l'attendre au séjour. Dès qu'on sonne, je me dépêche d'aller ouvrir. C'est bien lui qui se tient devant moi.

Moi : Entre mon fils !

Il entre et je le serre contre mon cœur. C'est comme un fils et maintenant que le mien est condamné à l'errance, je n'ai plus que lui !

- Quelles sont les nouvelles, mon grand ?

Booba : Ils se sont partagé les biens comme prévu. Mais ils n'ont pas les moyens d'accéder aux comptes bancaires. Il est clair que le patriarche a laissé un testament ! Tout ce qui est comme terres et maisons, tout a été partagé par Kôrô Issa !

Moi : Hum… Issa ! Maintenant qu'il a eu ce qu'il voulait… J'espère qu'il nous laissera en paix !

Booba : Ma tante ça va aller… Ils vont se calmer !

Moi : Merci mon grand… Que le ciel t'entende !

Booba : Ma tante… Comment vont les enfants ici ? Et leur mère ?

Moi : Les petits vont bien hamdulilah… C'est Chérifa qui n'en fait qu'à sa tête… Je crois que son père lui manque. Quant à Marlène… Elle est là ! Celle-là même, je me demande si elle a jamais aimé mon fils !

Booba : Ma tante, ne sois pas trop dure avec elle. Je me demande si elle n'est pas un peu perdue ! Diaby a toujours été son appui. Elle n'a jamais eu à se soucier de rien… Regarde même moi, c'est difficile d'avancer !

Moi : Il te manque hein ?!

Booba : Il nous manque à tous. C'était Diaby le fédérateur !

On discute un peu et il s'en va. Je m'assois péniblement dans le fauteuil après l'avoir raccompagné. En presque deux ans, j'avais vieilli de dix ! Vous vous demandez qui je suis ? Je m'appelle Kaltoumi Zouhé Bah Sidibé. J'ai 62 ans, je suis la fille illégitime d'Ousmane Kanaté. L'un des hommes les plus fortunés du Burkina Faso. J'ai un fils, quelque part sur cette terre qui s'appelle Kader Diaby Sidibé.

Ma mère Sanata Bah était une peuhle de Guinée Conakry qui servait chez les Kanaté. Une famille de riches commerçants dioulas établis depuis plusieurs générations à Ouagadougou. Elle était vraiment très belle et son maître succomba à son charme. Je suis née de cette liaison.

Mon père ne m'a jamais reconnue mais ma mère et moi avons été mises dans d'excellentes conditions. Les épouses de mon père nous persécutèrent sans arrêt. A 20 ans, j'ai décidé de venir tenter l'aventure en France. Je n'avais pas un très grand niveau de scolarisation. De mon temps, envoyer une fille à l'école n'était pas une priorité. Néanmoins, j'ai rapidement trouvé un travail de caissière dans une usine de fabrication de papier. C'est là que j'ai rencontré Dramane Sidibé... Dra comme je l'appelais n'avait pas grand-chose à part le cœur sur la main. Il m'a soutenue et a facilité mon insertion ; les fois où j'avais le mal du pays et que c'était dur, il était là pour me réconforter.

Contrairement à moi, Dra était d'une grande instruction mais la vie ne lui avait pas permis de grandir socialement. Lorsque je tombai enceinte de Kader, il était heureux comme un enfant ! J'ai arrêté de travailler un moment parce que la vie du bébé était en danger et mon homme cumulait deux, voire trois boulots. Hamdulilah, j'ai accouché sans aucun problème et mon fils et moi nous portions bien.

A l'époque, je n'avais plus vraiment des contacts avec le Burkina Faso, ma mère étant décédée entre temps. Je me tenais à l'écart de la grande famille.

Mes relations avec mon père étaient bien... Oui bien, c'est le mot que je choisis. Vous savez, en Afrique on n'est pas vraiment dans la démonstration. Mon père était affectueux mais sans plus : il me parlait avec une grande tendresse, tout se voyait dans son regard mais les choses s'arrêtaient là également.

Je lui ai dit quand je me suis mariée, je lui ai dit quand j'étais enceinte, je lui ai dit quand mon fils est né. Il s'est alors produit l'inimaginable : Ousmane Kanaté est venu me voir ! Mon père est venu ! Je m'en souviens encore comme si c'était hier !

Flash-back 40 ans plus tôt

Debout dans la chambre. Il touche le bois lisse du berceau de Kader et laisse glisser son index dessus.

Moi (*fière*) : C'est Dramane qui l'a fait.

Père : C'est une œuvre d'art digne d'un lawbe worworbe[3] ! Ton fils travaillera également le bois... Mais mieux que son père !

Je lève un regard perdu vers lui. Je ne comprends pas comment il peut faire une pareille affirmation. Dra travaille le bois comme un hobby, rien d'autre.

Moi : Pourquoi dites-vous cela ?!

Père : Zouhé... Je suis à la tête d'une immense fortune... De mon vivant, les mères de mes fils les élèvent dans la méfiance et la haine... Chacune y va de son marabout et de son gri-gri pour me tourner la tête... Sanata m'a apporté de la fraîcheur et de la tendresse. C'est à dessein que je ne t'ai pas reconnue, pour te permettre de grandir à l'abri de tout ça !

J'ai consulté l'oracle... Je mourrai centenaire. L'après-moi sera catastrophique ; la seule personne qui pourra empêcher ça, c'est toi !

Moi (*surprise*) : Moi ?! Mais comment ?

Père : Selon l'oracle, tu partiras loin des terres du Faso... Et tu mettras au monde un fils... C'est lui qui sauvera mon héritage !

Je secoue la tête incrédule comme pour nier tout ce que j'entends. Je connaissais ceux dont il parlait et personne ne peut les empêcher de

---

[3] Les Lawbe worworbe: ce sont des artisans spécialisés dans le travail du bois. Ils fabriquent divers objets de la vie quotidienne (mortiers, pilons, cuillères, coupes, plats, instruments de musique, sièges etc.). On les retrouve au Sénégal, au Mali et en Guinée essentiellement. Cf. les informations trouvées sur Ethnies africaines.

faire quoi que ce soit ! Ce sont des rapaces ! Mon père parle de sauver son héritage ! Surtout pas mon enfant !

Moi : Non père !

Père (*doucement*) : Pourquoi crois-tu que je t'aie laissée partir aussi loin quand tu en as manifesté le désir ?! C'est pour que la destinée s'accomplisse !

Moi (*protestant*) : Non !

Père : L'oracle est clair ! Il grandira également loin du Faso reviendra quand il sera temps. Il apprendra à travailler le bois... Car c'est une matière qui se patine avec le temps ! Il aura suffisamment de grandeur et de qualités en lui, il aura l'étoffe d'un chef !

Moi (*sanglotant*) : Père, ne me faites pas ça, je vous en prie !

Père : Ce n'est pas moi, mon enfant ! C'est la Providence qui l'a choisi !

Mon inquiétude était telle que je revivais les douleurs de l'enfantement. Tout le temps où il parlait, Kader était dans ses bras et souriait.

Fin du Flash-back

Je n'ai jamais rapporté cette conversation à Dramane. Convaincue que ça n'arriverait jamais !! Nous n'étions pas riches mais nous ne manquions de rien. Quand Kader a eu six ans, son père est mort dans un accident de la route. J'ai élevé mon fils dans le souvenir de ce père fier et noble ! J'ai élevé mon fils du mieux que je pouvais, en lui inculquant des valeurs. On recevait régulièrement de l'argent venant de mon père.

J'avoue que ça m'a énormément aidée, surtout pour envoyer mon fils dans les meilleures écoles. Après son Bac, il m'annonce qu'il veut entrer à l'Ecole d'ébénisterie. C'était une époque très tendue entre nous ! Je ne voulais pas qu'il approche le bois, ni de près ni de loin ! A cela était liée la prophétie ! Au bout d'un moment j'ai dû céder, mon fils est tout pour moi. Contrairement, aux jeunes de son âge qui traînaient dans tout, il était travailleur et droit.

Mes craintes se sont complètement estompées, Kader est devenu ébéniste. Il a été recruté dans les Ateliers d'ébénisterie Albeza. Sur le plan personnel, il a rencontré la mère de Chérifa. La relation passionnelle qu'ils ont vécue a fait long feu et ils se sont séparés après la naissance de la petite.

Les années passant, mon fils s'est stabilisé ; il a rencontré Marlène et créé son entreprise. Celle-ci fleurissait car mon « petit mari » ne rechignait pas à la tâche. Son sérieux et son savoir-faire l'ont rapidement fait connaitre dans le milieu.

Il y a cinq ans, il a ressenti le besoin de s'installer au Burkina Faso. Selon lui, il stagnait ici et pensait que les réformes initiées là-bas par le nouveau régime pourraient lui être favorables, surtout qu'il avait reçu une commande spéciale de ce pays et que j'y ai mes racines. Rien de ce que j'ai pu dire e dis n'a semblé le toucher et comme pour aggraver les choses, mon père a rendu l'âme.

Son notaire a pris contact avec Kader, qui aurait été désigné en tant qu'exécuteur testamentaire ! Malgré ma farouche opposition, mon fils s'est rendu au pays. Les hostilités étaient déclenchées, mes frères m'ont menacée, me conseillant de tenir mon « toubab » loin de la demeure des Kanaté.

J'ai dû prendre la décision la plus douloureuse de ma vie. Laisser mon fils unique se faire tuer... Ou le savoir en vie mais le perdre quand-même. J'ai fait ce qu'il fallait, mon regard se porte sur la petite lampe allumée près de ma table, je soupire avant de me diriger péniblement vers la cuisine. Tant que cette petite lampe reste allumée, c'est qu'il est en vie !

Chapitre 8 : Trahison

*** Appartement de Booba – 10ème arrondissement – Paris, France ***

Booba

Je regarde Marlène se rhabiller vite fait. Comme tous les jeudi après-midi, elle quitte son salon de coiffure et vient me rejoindre ici. N'ouvrez pas les yeux aussi grands, ça fait quatre ans que ça dure. Depuis la « disparition » de son mari, je la bouscule un peu plus pour qu'on passe plus de temps ensemble mais elle ne se décide pas encore. La « vieille » chouette veille au grain ! Mais ce n'est qu'une question de temps !

Je me redresse sur mon séant et ma belle se penche pour me faire un smack, je la retiens par la nuque pour lui donner un baiser. Cette femme, la femme de mon frère, je l'ai dans la peau !

Marlène : Hmm… Arrête, je dois y aller

Moi : Steup Lilou ! Tu m'as trop manqué là-bas au bled !

Marlène : Je suis déjà en retard et si je rentre tard, la sorcière va me passer au scanner !

Elle se redresse, attrape son sac. Mais je n'en ai pas fini. Son refus a allumé un feu au niveau de mes reins ; il faut que je l'éteigne. Je la suis et la plaque contre la porte. Avant qu'elle ne réagisse, mes mains se faufilent sous sa jupe à volants que je remonte, je me contente juste de mettre le string de côté avant de m'enfoncer en elle. Le cri rauque qui lui échappe me galvanise, elle laisse tomber son sac et s'agrippe à la porte. De mes doigts, je lui caresse l'entrejambe, elle frissonne ; moi je continue mes coups de boutoir.

Quelques minutes plus tard

On atteint les cimes du plaisir. Les jambes flageolantes, elle s'essuie rapidement avec un mouchoir, arrange sa tenue et sort sans un regard pour moi. Je sais qu'elle m'en veut de l'avoir retenue mais ça lui passera.

La première fois que je l'ai prise c'était chez Kader à Eaubonne. On était dans l'atelier qu'il avait installé dans la cave. Il me demandait d'aller lui récupérer des croquis à son bureau et de nous faire un café.

Aucun de nous ne savait que son épouse était là-haut, je ressortais du bureau avec les documents quand j'ai croisé Marlène qui sortait de la douche des enfants, une serviette nouée autour de sa poitrine.

Nos regards se sont accrochés. Le contact est devenu électrique entre nous depuis ce soir où, au cours d'une soirée bien arrosée, elle m'avait vu sauter une fille dans les toilettes dames. Je savais qu'elle regardait ; alors j'ai éprouvé un malin plaisir à faire des « trucs cochons » à la fille. Depuis, j'ai eu comme l'impression que quand elle me regardait, elle aurait voulu que je lui fasse les mêmes choses.

Alors comme dans un rêve, je l'ai vu faire tomber la serviette, dénudant son beau corps clair à mes yeux. Sans hésiter un seul instant, je l'ai entraînée vers la première porte ouverte : la penderie du couple. En 5 minutes, c'était réglé. Mais il nous en fallait plus !

Vous vous demandez qui je suis hein ?!

Moi c'est Alino Ouédraogo aka Booba. Je suis venu en France fuyant l'ancien régime : j'étais le président de l'association des étudiants du Burkina Faso. Mon chemin a fortuitement rencontré celui de Kader au cours d'une soirée afro. Nous avons sympathisé tout de suite, il n'a pas hésité un instant à me prendre sous son aile. Depuis, il m'a ouvert les portes de sa maison et de son entreprise. Je l'ai accompagné dans la gestion de son business. Nous étions inséparables mais j'en avais un peu marre d'être son bras droit, d'être caché par lui. Partout où nous passions, tout le monde se retournait sur lui, tout le monde voulait travailler avec lui. Je n'en pouvais plus de ça !

J'allais chercher les commandes et je m'occupais des livraisons, je voyais bien les sommes faramineuses qu'il se faisait. Kader avait tout ici mais comme piqué par une lubie, il voulait s'établir au Faso, ce bled pourri. Moi, je m'étais juré de ne plus y remettre les pieds si ce n'était par nécessité. Mieux, j'étais tombé amoureux de Marlène et elle ne voulait pas quitter la France non plus !

J'ai alors fait ce qu'il fallait.

Sous d'autre cieux

Ouagadougou, Burkina-Faso

Kôrô Issa

Je suis l'aîné de tous les enfants d'Ousmane Kanaté, normalement l'exécuteur testamentaire de celui-ci. Nous étions au nombre de dix-huit héritiers vivants... que des hommes... Plus Zouhé. Je trouve aberrant qu'on me parle de mon neveu que je n'ai jamais vu et dont je n'ai jamais entendu parler jusqu'à la mort de père... pour jouer ce rôle.

Mal lui en a pris d'avoir mis pieds ici ! Avec les dispositions que nous avions prises et l'accueil glacé qui lui a été réservé, il a disparu... Envolé. L'autre imbécile de Booba, que je paye grassement n'a pas été fichu de me dire ce qui lui est arrivé. J'en ai déduit qu'il était rentré chez lui. Il a fallu encore attendre, un peu plus d'un an... Que dis-je, 22 mois... Oui je les compte ! Pour outrepasser les dispositions testamentaires.

J'ai procédé au partage des biens matériels mais nous n'arrivons pas à mettre la main sur les comptes bancaires et d'autres biens situés hors du Faso. C'est bien ce qui m'embête ! Le notaire refuse de parler, je crois qu'il n'en sait pas plus... A part que tout se trouverait dans une lettre destinée à mon neveu. Astafroulah, les folies d'un centenaire !! J'ai demandé à l'autre morveux d'ouvrir l'œil, quand je pense que ma sœur l'a envoyé ici pour nous espionner. Moi Issa ! Eh ben, c'est un retour à l'envoyeur à juste titre.

Chapitre 9 : Cauchemars (1)

*** Les locaux de CTN Mag – Cotonou, Bénin***

Tim

Je vois Selma filer rapidement dans le couloir, des lunettes noires aux yeux. Hum elle est trop bizarre depuis quelques semaines. Je sors de mon bureau histoire de la rattraper mais dès qu'elle sent une présence derrière elle, elle sursaute faisant tomber ses affaires. Dans la précipitation, ses grosses lunettes de soleil glissent sur son nez et j'aperçois ...un cocard !

Moi (*choqué*) : Selma !

Elle baisse les yeux et s'empresse de se redresser. Je pose la main sur son bras pour essayer de la retenir.

Selma : Timmy, s'il te plaît !

Moi (*têtu*) : Qui t'a fait ça ?! C'est ce salaud de Phil ?!

Selma : ....

Moi (*insistant*) : Réponds, nom de Dieu ! Qui t'a frappée ?

Selma (*tête baissée*) : ...

Moi (*soufflant*) : On se connaît n'est-ce pas ? Tu sais bien que je ne te lâcherai pas... alors accouche !

Selma : Ok s'il te plaît... Mais pas ici !

Moi : Ok... Viens avec moi.

Je l'emmène à l'Oriental dans la Haie Vive, nous nous installons dans un coin. Alors, elle commence par raconter une histoire incroyable sur un certain Kader et comment il est entré dans sa vie.

Selma : C'est quelqu'un de gentil... Je te promets ! Juste que depuis quelques semaines, il est en proie à ces sortes de cauchemars. Il essaye de se faire du mal dans son sommeil... Tellement c'est violent... j'essaye de l'en empêcher !

Moi (*dubitatif*) : Tu es sûre que ce n'est pas le cœur qui parle ?!

47

Selma : Tim, tu dois absolument me croire ! Kader est un homme bien.

Selma

Le regard de Tim me fait mal ! Mais je suis la seule à savoir. La première fois que c'est arrivé, nous venions de faire l'amour et je dormais sur sa poitrine comme d'habitude. Vers l'aube, je suis réveillée par un bruit anormal : c'est Kader qui gémissait dans son sommeil. Il avait des gestes désordonnés et murmurait de façon incompréhensible. A un moment, il s'est redressé sur son séant en se tenant la tête. J'ai essayé de l'approcher pour le calmer mais il m'a violemment repoussée. Je me suis retrouvée projetée hors du lit. Je l'ai appelé par son prénom avec beaucoup de douceur avant qu'il ne réagisse. Il s'est alors écroulé sur le lit et s'est rendormi de façon brusque… C'était comme une transe.

Le lendemain, il ne semblait pas s'en souvenir et je n'ai pas osé aborder le sujet non plus. Le deuxième épisode a eu lieu il y a quinze jours environ ; à chaque fois c'est pareil. Cette fois-ci, je lui en ai parlé, il semblait perdu. A son regard, j'ai compris qu'il ne réalisait pas. Les jours qui ont suivi, il a refusé de dormir près de moi.

Il y a quatre jours j'ai réussi à le faire revenir dans ma chambre, c'est encore arrivé. Il hurlait tellement fort en criant « Arhh !!! Dis-leur que je vais revenir, je reviendrai… Ma, dis-leur que j'accomplirai ma destinée ! ». Il manquait de se cogner la tête contre le mur, je voulais tenter de l'immobiliser quand j'ai reçu une gifle qui m'a coupé le souffle. Le lendemain, j'avais la joue gonflée et un cocard. Je n'oublierai jamais sa réaction !

Flash-back trois jours plus tôt

Je presse des oranges pour le petit déjeuner quand je le sens derrière moi. Sursautant, je renverse le jus qui s'étale sur le plan de travail.

Moi : Purée !

Je m'écarte pour nettoyer et il se précipite pour m'aider. Instinctivement j'ai un mouvement de recul. Ses yeux tombent alors sur mon visage et une expression douloureuse s'affiche sur le sien.

Kader : Selma !

Moi (*baissant les yeux*) : ...

Kader : Regarde-moi s'il te plaît, bébé ! Selma ! C'est... c'est moi qui t'ai fait ça ?!

Face à mon silence, il fait un pas et je recule. Il s'arrête et ses yeux se remplissent de larmes.

- je t'ai frappée !

Moi : Tu étais en transe !

Kader : Peu importe... J'ai levé la main sur toi !

Moi : Tu étais agité... et je voulais te serrer contre moi... Kader, tu ne savais pas !

Kader : Selma je te demande pardon... Je suis terriblement désolé !

Il prend mon visage et commence à parsemer de petits baisers tendres sur la partie endolorie, en murmurant pardon, pardon chérie.

Moi : Je sais !

Il sort de là et se dirige vers la chambre que nous partageons désormais. Il en ressort quelques minutes plus tard avec un sac. Je comprends très vite la situation mais je ne peux l'accepter. Alors je me mets entre la porte et lui.

Kader : Laisse-moi passer... Je t'en prie !

Moi (*pleurant*) : Je ne peux pas ! Ne me demande pas ça, Kader... On va trouver une solution !

Kader : Quelle solution ? Tu fais le tiers de mon poids ; tu veux que je te tue à coups de poings ?! On avait retenu que si je devenais dangereux pour toi... Tu devrais t'éloigner de moi... Tu as promis !

Moi : Je t'en supplie ! Chéri, s'il te plaît ! Je mourrai si tu t'en vas !

Mon corps est secoué de sanglots, je ne peux pas le laisser partir. Je ne sais pas comment mais on trouvera une solution !

Kader : Et moi je mourrais si je te faisais encore mal !

Il me prend contre lui et me serre fort. Je m'accroche désespérément, je ne sais pas ce qui se passe mais je sais que c'est lié à son passé. Je ne peux pas le laisser s'en aller !

Moi : Reste… Je t'en supplie !

Kader (*péremptoire*) : Alors je ne dormirai plus près de toi !

Fin du flash-back

Moi (*désespérée*) : Tim crois-moi… Ce n'est pas lui ! Il est comme en transe, il se tient la tête et crie. Je crois que c'est la douleur qui le rend violent. Il voulait partir et je l'ai retenu…

Tim : Pardon ?!

Moi : Il est amnésique ! Il n'a nulle part où aller ! S'il veut prendre un logement on lui demandera des documents qu'il n'a pas. Il est hors de question que je le laisse dans la rue… Quoi qu'il m'en coûte.

Tim : Ok… On se calme… C'est la première fois que je te vois comme ça !

Chapitre 10 : Cauchemars (2)

Selma

Moi (*désespérée*) : Tim crois-moi... Ce n'est pas lui ! Il est comme en transe, il se tient la tête et crie. Je crois que c'est la douleur qui le rend violent. Il voulait partir et je l'ai retenu...

Tim : Pardon ?!

Moi : Il est amnésique ! Il n'a nulle part où aller ! S'il veut prendre un logement on lui demandera des documents qu'il n'a pas. Il est hors de question que je le laisse dans la rue... Quoi qu'il m'en coûte.

Tim : Ok... On se calme... C'est la première fois que je te vois comme ça !

Plus tard en soirée

Je rentre esquintée, mon premier réflexe est de passer à la cuisine me laver les mains et prendre une bouteille d'eau fraîche. J'avale de grandes rasades quand j'entends juste derrière moi :

Kader : J'ai une fille qui s'appelle Chérifa

Moi (*recrachant*) : Pfrrrrr !

Je suis prise d'une quinte de toux qui manque de m'étouffer. J'essaye de respirer tant bien que mal. Kader est adossé à l'évier. Son visage est aussi imperturbable que s'il me parlait du temps qu'il faisait. Un lourd silence s'ensuit comme pour mesurer chacun de notre côté les propos qui viennent de sortir de sa bouche.

- Tu as recouvré la mémoire ?

Kader : Non... J'ai énormément dormi aujourd'hui et à mon réveil cela s'est imposé à moi. Une certitude mais après c'est le flou total. J'ai beau chercher mais rien, ni visage, ni souvenirs... C'est... C'est douloureux et... Frustrant.

Je m'avance vers lui pour le serrer fort contre moi.

- (*murmurant comme pour lui-même*) Qu'ai-je bien pu faire au ciel pour qu'il me punisse ainsi ?

Moi : Rien mon cœur… Tu es quelqu'un de bien, je le sais et je le sens dans les tréfonds de mon âme.

On reste comme ça un moment. Avant que d'un ton faussement gai, je décrète qu'on mange dehors ce soir.

Kader : Non, je n'ai pas la tête à ça !

Moi (*têtue*) : Si si on va aller manger des grillades, puis on ira écouter de la musique au « Yes Papa » !

Kader : Sel…

Moi : Non non non, on obéit au général Pépin Trois Pommes point à la ligne !

Je ne sais pas si c'est ma fausse mine sévère ou ma posture, il éclate de rire. On se retrouve à rigoler comme des gamins. C'était bon et libérateur. Il passe ses doigts dans mes cheveux, puis de son pouce me caresse les lèvres, avec beaucoup de tendresse.

Kader (*murmurant un peu comme pour lui-même*) : Que ferai-je sans toi ?

Plus Tard au Yes Papa

On s'éclate comme des fous : ce soir les Wood Sound se produisent ; en plus ce sont des potes à moi. Je me trémousse. Kader lui, est fasciné par tout ce que les gars font grâce au bois, les percussions. A voir son visage on sent bien qu'il passe une belle soirée.

A un moment, je suis prise d'une envie d'aller aux toilettes et je demande à mon chéri de m'y accompagner. Ah pardon ! Lors des manifestations qui drainent les foules comme ça, j'ai toujours peur d'aller au petit coin seule. Je me dis qu'un drame est vite arrivé. Bref, il me tient par la taille et on avance. Lorsque nous revenons, d'autres personnes ont pris nos places.

Surprise désagréable : Phil et sa bande de tarés auxquels je n'ai jamais pu m'intégrer. Il y avait lui, Elisée son pote, Marie-Lou la maîtresse de ce dernier et une autre personne que je n'ai encore jamais vue. Probablement, une nouvelle recrue. Avant que je n'aie le temps d'ouvrir la bouche, il attaque.

Phil : Ah tu as décidé de faire sortir Musclor ?!

Moi : Bonsoir Phil, ta bande et toi êtes installés à notre place ! Tu as bien vu les consommations à peine entamées non ?

Phil : Non ! Je n'ai rien trouvé et puis... Tu as mis un titre foncier là ?! Tu ne nous présentes pas !

Moi (*bouillant de colère*) : T'es...

Je sens la pression de la main de Kader. Il ne veut pas de scènes mais c'est mal connaître Phil quand il a bu et qu'il est lancé.

Phil : Oui ? Tu veux dire quoi ?

Moi : Tu es juste pitoyable ! Un pauvre type !

Phil : Oui c'est ça, un pauvre type que tu viens supplier à genoux de te reprendre ! Espèce de vieille fille aigrie !

Là, c'en était trop, je prends la première bouteille qui me tombe sous la main et je lui renverse l'intégralité du contenu sur la tête. J'étais la première à être choquée, il lève la main probablement pour me frapper... Rapide, Kader le bloque, lui broie les doigts l'obligeant à se rasseoir... une bordée de jurons à la bouche.

Corniaud va ! Tu n'as pas dit j'ai fait sortir Musclor ? Voilà il t'a vendu ça ! Tchiip, il fallait vraiment qu'on tombe sur lui quoi !

Le chemin du retour se fait en silence, je suis mal à l'aise, mortifiée : un, j'ai fait une scène dans un lieu public, ce dont Kader a horreur ; deux, entendre Phil dire ces horreurs sur moi devant tout le monde... Oui je le suppliais souvent et à genoux pour qu'il me pardonne une faute qu'il avait commise lui. Lorsque nous arrivons à la maison, je descends rapidement ouvrir le portail.

Kader

Selma est muette depuis que nous sommes revenus. C'est vrai que je n'ai pas reconnu la furie de ce soir au « Yes Papa ». Mais je crois qu'il y a autre chose. Je la rejoins dans la douche, elle se prépare pour la nuit. Je me mets juste derrière elle et quand nos regards se croisent dans la glace, elle détourne le sien... En tout cas, pas assez vite pour que j'y lise... de la honte !

Moi : Bébé ?

Je pose mes mains sur sa taille. Elle se dérobe et murmure d'une voix à peine audible :

Selma : Pas ce soir s'il te plaît... Je suis fatiguée.

Moi : Ça ne compte pas !

Selma : Pardon ?

Elle ouvre ses grands yeux sur moi ; des larmes perlent mais elle fait un effort pour ne pas s'effondrer.

Je l'attire à moi et lui caresse la nuque.

Moi (chuchotant à son oreille) : C'est un sombre idiot qui ne te méritait pas, Selma. Un homme, un vrai ne déballe pas ce genre d'information... Donc ça ne compte pas.

Selma (pleurant en silence) : C'est vrai ?!

Moi : Oui

Selma (pleurant toujours) : Tu sais... C'est vrai que je le suppliais... Quand il y avait un souci, j'allais chez lui demander pardon... je pensais que je faisais des efforts pour sauver mon couple... que c'est comme ça qu'il fallait faire pour le garder...

Moi : Chut ! Tu n'as rien à m'expliquer chérie ! Et j'ai adoré quand tu as renversé la bière sur sa tête.

On éclate tous les deux de rire et ça suffit à détendre l'atmosphère. J'en profite pour l'embrasser ; cette fois-ci, elle se laisse faire.

Chapitre 11 : Carmen

Hello world ! Moi c'est Carmen Adjovi, 25 ans. Je suis professeure de musique à l'École française Montaigne. J'avais fini les cours un peu plus tôt et je sais comment je vais occuper mon temps. Je rassemble mes affaires. Je regarde ma montre ; en me dépêchant un peu je pourrai récupérer des sandwiches à la Galette à sucre avant de revenir vers les villas Censad.

Qu'est-ce je vais y faire ? Bah... Voir Kader... Je sais qu'il y travaille actuellement. Eh oui ! Ce gars m'obsède. Je n'en dors plus, j'imagine tout ce qu'il pourrait me faire si... Hum, je suis toute émoustillée. Pour le moment, il résiste mais il finira par céder... Forcément ou je ne suis pas Carmen. En effet, du haut de mes 1m75 je suis fine avec des rondeurs là où il faut. Mon visage est beau et je prends soin de moi. D'habitude, ce sont les hommes qui me courent après et les rares fois où j'ai flashé sur un mec ça n'a jamais été difficile. Mais Kader, lui me résiste et ça me rend folle !

Quelques minutes plus tard

Je me gare devant l'adresse que j'ai eue ; ne me demandez pas comment, ça ne vous regarde pas. Je rencontre des jeunes maçons qui travaillaient aux abords d'une piscine à l'intérieur, je me renseigne. Dès que j'ai l'information, je me dirige d'un pas assuré vers les escaliers ; il paraît que l'objet de mes désirs bosse en haut dans les chambres... Parfait. Lorsque j'arrive en haut, je me renseigne à nouveau et l'on m'indique une porte. J'avance à petits pas et je marque un arrêt... il est accroupi et travaille sur ce qui semble être une porte ; les muscles jouaient sous sa peau... Aïe maman, ça parle directement à mon bas ventre... A chaque mouvement, les muscles se tendent... De temps en temps, il s'arrête pour passer les doigts sur l'ouvrage... Comme s'il caressait une peau. Hey maman, j'ai chaud en même temps ! Je toussote pour marquer ma présence, il se retourne et semble surpris. Lentement, il se met debout. Il est torse nu, sa peau noire est luisante de transpiration.

Kader : Que fais-tu là ?

Mon Dieu sa voix, elle est rauque et résonne dans les basses. C'est...sexy. Décidément, il a tout pour lui ce mec. Si seulement, il pouvait céder hein !

Moi (*retrouvant l'usage de la parole*) : Je suis passée te voir, comme tu ne réponds ni à mes appels, ni à mes messages…

Kader (*faisant un large geste*) : Je suis occupé… comme tu vois…

Moi : Hmm… Je vois ça… Mais tu as bien le temps de casser la croûte. Non ?

Je me rapproche, il a un tatouage sur son sein droit et un autre sur le bras. Mahou ! Il est sexy, le bon Dieu a dû travailler sept jours sur lui. Il ne semblait pas nerveux, au contraire, il était tranquille.

Kader (*soupirant*) : Qu'est-ce que tu veux, Carmen ?

Moi : Manger avec toi

Kader (*me regardant droit dans les yeux*) : Tu comprends très bien ma question.

Moi : Et toi tu connais très bien la réponse… Mais aujourd'hui, je veux juste manger.

Kader : Ok

Il m'aide avec mes paquets. Une sorte de petit matelas traînait pas loin ; il le récupère et nous nous installons là-dessus. Je sors les sandwichs, les jus et de l'eau. On commence à manger en silence, puis je lui raconte un peu les frasques de mes élèves. Il rit aux éclats, wow ! Nos regards se rencontrent et il s'arrête. Il prend une bouteille d'eau et boit ; je remarque de fines gouttelettes, alors je me penche et les lèche. Il ne réagit pas, je me penche et l'embrasse. Nos regards se rencontrent, il ne bronche toujours pas ; alors je réitère l'opération.

« Bonjour ! »

Je me retourne pour voir une jeune femme avec un panier en main. Son regard passa de Kader à moi. Ah celle-là ! Pff, je sais qui c'est et elle sait qui je suis. Elle était là, debout comme figée.

Selma

Je venais passer un moment avec Kader, ces derniers jours il était à fond sur le chantier et on se voyait à peine. Je me demandais s'il ne m'évitait pas un peu, du coup je suis venue et voilà dans quoi je tombe. Je leur fais un large sourire puis j'avance.

Moi (*embrassant Kader sur la bouche*) : Bonjour chéri... Comme je dormais quand tu es parti, j'ai décidé de te faire une surprise.

Kader : Euh...

Je prends la peine de poser mon panier, je fais signe à Kader qui est assis en tailleur. Il décroise ses longues jambes et je m'assoie sur lui avant de faire face à notre « invitée ». La go avait la bouche ouverte, tellement elle était fatiguée.

Moi : Je crois qu'on s'est déjà vu, l'autre jour. C'est gentil d'avoir ramené des sandwichs. Chéri, j'ai ramené une salade césar, des nems, une salade de fruits.

Je range les sandwichs et tout le bazar de la sorcière dans son panier puis je sors deux barquettes de salade césar et tout mon attirail. Généreuse, je lui tends ma part.

- Je mangerai avec mon chéri.

Les quinze minutes qui suivent sont les plus longues de mon existence. Je souris, je rigole, je câline MON Homme. De temps en temps, je lui mets une bouchée dans la bouche. J'étais en train d'essuyer un coin de la bouche de Kader quand j'entends :

Carmen : Bon bah... Je vais y aller !

Moi : Oh non ! Déjà ! Tchoo, attendez encore un peu, s'il vous plaît ! Vous n'avez même pas touché aux nems.

Je regarde ma montre et m'écrie :

- Oups ! Je suis à la bourre... Bisous mon amour... On se retrouve ce soir ?!

Kader : Oui...Oui

Moi : Parfait ! Euh, Carmen c'est bien ça ? Bon après-midi hein !

Kader (*se redressant*) : Je te raccompagne à la voiture, chérie

Moi : Yoor ! Tu as une invitée, reste avec elle... Nous, on se voit dans quelques heures bébé.

Sur ce je lui donne le plus doux et le plus langoureux des baisers, sous l'œil de mon public qui se résume à Mme la voleuse de mari. Tchrouuuuum !!!!

Lorsque je descends, je m'y prends à deux fois avant de pouvoir mettre le contact. Tellement mes mains tremblent ! Dès que j'arrive au boulot, je m'enferme dans les toilettes dames et ouvre l'eau. Je laisse libre cours à ma peine, c'était trop dur ! Hey ! Ma main posée sur ma bouche pour étouffer mes sanglots, je pleure mon chagrin. Si je n'étais pas venue que se serait-il passé ? Lui aurait-il fait l'amour-là ?!

Quand j'arrive à me ressaisir, je me nettoie le visage, me remaquille et vais m'installer à mon bureau. Ce n'est pas évident mais j'essaye de me concentrer. Mon téléphone n'arrête pas de sonner, je jette un œil... Kader bien-sûr mais je ne décroche pas ses appels et ne réponds pas à ses messages. S'il pense que c'est au téléphone qu'on va régler ça, il a menti.

Chapitre 12 : Doutes

Fidjrossè, Cotonou

Chez Selma

Kader

Je suis sur les dents depuis cet après-midi : Selma n'a répondu ni à mes appels, ni à mes messages. C'est vrai, son comportement quand elle m'a trouvé avec Carmen m'a bluffé ; néanmoins je suis inquiet… Très très inquiet.

Hum quand j'ai entendu sa voix sur le chantier, mon cœur a explosé. Je m'attendais à gérer la troisième guerre mondiale. Je sais qu'elle garde des traces de sa relation précédente. Je ne sais même pas ce qui m'a pris de laisser cette fille m'approcher.

Je m'attelle courageusement à la préparation du dîner… Pourquoi pas un dîner aux chandelles. Je regarde les provisions ; j'ai de quoi faire une salade, un dauphinois, on va compléter le tout avec de l'ananas.

Quelques heures plus tard

Je regarde encore ma montre, ça fait une heure au moins qu'elle aurait dû être rentrée. Là je suis mort d'inquiétude, son téléphone est fermé maintenant. Je me sers un verre de vin, le repas est prêt, la table mise. Sensible comme elle est, Selma doit être dans un sale état.

Flash-back quelques heures plus tôt, Villa Censad

Bonjour !

Merde ! Selma ! Et merde qu'est-ce qu'elle fait ici ?! Je m'oblige à rester immobile et ne pas avoir l'air trop coupable. Je me prépare psychologiquement à lui courir après quand je la vois faire un grand sourire, puis s'approcher de sa démarche chaloupée. Là ! Les gars, j'ai vraiment eu envie de détaler !

Tout ce qui a suivi, je n'ai vraiment pas pu capter. J'essayais juste de faire bonne figure. Quand elle est partie, Carmen et moi avons observé un silence gêné.

Moi : Euh merci d'être passée

Carmen : Hum… Ta copine, c'est une coriace hein ! J'espère ne pas t'avoir créé trop d'ennuis.

Moi : Selma est parfaite… Je préférerais quand même éviter ce genre de situations à l'avenir.

Carmen : Kader… Tu me plais… et j'ai le droit de tenter ma chance !

Avant que je ne rajoute quoique ce soit, elle tourne les talons. Moi, j'ai essayé de reprendre mes esprits, je n'ai plus eu la force de continuer à travailler.

Fin du Flash-back

J'en suis là de mes pensées quand j'entends sa voiture. Quelques minutes plus tard, j'entends ses pas sur les pavés de l'allée, je me précipite pour lui ouvrir la porte. Nos regards s'accrochent, le sien est vide… comme lavé… ça n'augure rien de bon. Avant que je ne dise quelque chose, elle dit bonsoir et se glisse dans la maison. Ok !

Moi (*dans son dos*) : Le repas est prêt, on mange quand tu veux.

Elle marque une pause, sans se retourner. Je la vois inspirer avant de hocher la tête et murmurer un ok à peine audible.

Quelques minutes plus tard on mange en silence… Ou plutôt je mange et elle joue avec sa fourchette comme si elle ne savait pas quoi en faire.

Moi : Sorry

Elle pose à nouveau ses yeux sur moi. Je n'aime pas cette expression lisse sur elle. J'ai l'impression d'être devant une étrangère.

Selma : Pour ?

Moi : Aujourd'hui…

Selma : Pourquoi ? Parce que tu en as embrassé une autre ou parce que je t'ai surpris en train de le faire ?

Moi : Bébé... Je peux t'expliquer !

Selma : Ah oui ? Je t'écoute alors Kader.

Moi : Euh...

Elle arque l'un de ses sourcils de façon ironique.

Selma : Euh ?! Sérieux... C'est tout ? J'espérais que ce soit plus long en fait !

Moi : Chérie s'il te plaît... Je...Elle est arrivée sans crier gare et... Je...Je...

Selma (*voix brisée*) : Ne te fatigue pas... ce n'est pas la peine... Je suis venue t'interrompre... Et j'en suis désolée. Tu sais, j'ai eu une grosse journée et je ne suis pas en état de parler.

Elle se lève et sort de table. Je l'entends refermer la porte de sa chambre.

Selma

Je me mets au lit, j'ai cru que cette journée n'en finirait pas. En la repassant dans ma tête, je réalise l'exploit que j'ai fait. Je le dois à Maman Adesua ; je vous explique. Il y a quelques jours, Kader et moi mangions à Mac Bouffe à Ganhi, lorsqu'une fille apparaît avec ses copines. Le genre de meufs qu'on remarque : super sexy, fraîches, bien maquillées. Le genre de meufs qui te fait penser que tu es une souillonne, oui ce genre de meufs.

Flash-back quelques jours plus tôt

Filles : Hey mais c'est Kader !

La meneuse se détache et fait un smack presque au coin des lèvres de mon chéri, puis elle pose une main bien manucurée sur sa chemise

Moi (*dépassée*) : ...

Meneuse : Ah lala sexy comme toujours ! Tu vas bien ? Je t'ai écrit plusieurs fois cette semaine !

Kader : Hum… Merci ça va ! Euh chérie, je te présente Carmen Adjovi, Mika et Josette

Carmen (*se tournant vers moi*) : Coucou ! Pardon je ne vous avais pas remarquée.

Moi : …

Carmen : Bon bah Ciao ! Essaye de m'appeler un de ces quatre Kader… Attends, je garde un souvenir de notre rencontre.

Elle se met au niveau de mon bébé et fait un selfie. Je suis médusée…. Sa tâche finie, la go se redresse et envoie un baiser du bout des doigts avant de tourner les talons et de s'en aller avec ses copines. Un silence de plomb tombe sur notre table, l'ambiance est gâchée… Kader essaie de se rattraper mais trop tard !

Je savais désormais que j'avais un caillou dans la chaussure. Officiel !

Fin du Flash

Après ce moment pénible, je suis allée pleurer dans le giron de maman. Elle, au lieu de me réconforter m'a plutôt secouée.

Flash-back

Elle m'écoute parler, pleurer et ne dit rien.

Moi : Tu ne dis rien ?!

MA : Babe pouisque tou as choisi l'option des larmes so je te regarde !

Moi : Mais…

MA : Comment tou peux laisser une jeune femme comme toi te faire pleurer ? Ce qu'elle a là, ce n'est pas la même chose que tou as ?

Moi : Maman… elle est…

MA : Elle est quoi ? Futée ? Elle veut te déstabiliser, te pousser à bout ; quand tou vas libérer la place, elle viendra poser ses fesses.

Selma ! Que Dieu ne me permette jamais de te donner oune conseil, que je ne vais pas apply pour moi-même ! Cette fille, tou dois la renverser ! Ce n'est pas la guerre, chérie mais tou poses ton esprit, ne fais pas la « blanche » c'est tout !

Moi : Maman, Kader ressent quelque chose pour elle, il l'a laissée faire ! Fallait voir ses yeux sur elle.

MA : Han ! Donc il dort avec elle les soirs ! Il l'aide à faire les courses, retape sa maison, apporte des fleurs à sa mère ?

Moi : Quoi, Kader t'a apporté des fleurs ?

MA : Oui... Il lui...

Moi : Maman c'est bon j'ai compris !

MA : Tou es sûre ?!

Moi : Oui maman...

MA : C'est sur toi que ses yeux sont posés Babe, ne te trompe pas !

Fin du Flash-Back

Je n'ai pas entendu ce que je voulais mais cette discussion m'a remis les idées en place et j'ai su me comporter quand je l'ai revue aujourd'hui, scotchée à mon homme. Mais maman ! C'est trop dur dèh !

Une heure après être venue me coucher, je tourne dans mon lit, incapable de trouver le sommeil. Je n'ai pas les idées claires et j'ai mal, j'ai des doutes. Le même Kader qui m'a dit qu'il voulait être réglo. Hum ! Vous me direz que je m'alarme juste pour un baiser. Mais ça va plus loin que ça, peut-être qu'ils sont ensemble ou que... Stop ! Stop ! Je me lève et me dirige vers la cuisine pour me préparer un verre de lait.

Je passe ensuite au salon et m'installe dans le canapé, puis je mets la chaîne stéréo en marche, un cadeau de monsieur réglo... Lol, pourquoi je l'appelle même comme ça ?! Je replie mes jambes sous moi et j'écoute la belle voix de Whitney Houston s'élever, « I look to you ». Cette chanson a le don de m'apaiser et en même temps de faire vibrer un truc en moi.

I Look To You (*Je Te regarde*)[4]

As I lay me down

En me couchant

Heaven hear me now

Le ciel peut maintenant m'écouter

I'm lost without a cause

Je suis perdue sans but

After giving it my all

Après avoir tout donné

Winter storms have come

Les tempêtes hivernales sont là

And darkened my sun

Et ont assombri mon soleil

After all that we've been through

Après tout ce que j'ai traversé

Who on Earth can I turn to

Vers qui sur cette terre puis-je me tourner ?

I look to you (x2)

Je te regarde

After all my strength is gone

---

[4] En savoir plus sur http://www.universound.ca/fr/chanson/3434/

Après que toutes mes forces aient été épuisées

In you I can be strong

Avec toi je me sens forte

I look to you (x2)

Je te regarde

Yeah

Ouais

And when melodies are gone

Et quand les chants cessent

In you I hear a song

J'entends une chanson en t'écoutant

I look to you

Je te regarde

After losing my breath

Après en avoir perdu mon souffle

There's no more fighting left

Il n'y a plus de combats à faire

Sinking to rise no more

Au plus profond du trou et ne pensant pas pouvoir remonter

Searching for that open door

Je cherche cette porte ouverte

And every road that I've taken

Et toutes les routes que j'ai pu prendre

Lead to my regret

M'ont amenée à le regretter

And I don't know if I'm gonna make it

Et je ne sais pas si je vais y arriver

Nothing to do but lift my head

Il n'y a rien d'autre à faire à part relever ma tête

I look to you (x2)

Je te regarde

Yeah

Ouais

And when all my strength is gone

Et après que toutes mes forces aient été épuisées

In you I can be strong

Avec toi je me sens forte

I look to you (x2)

Je te regarde

Oh yeah

Oh ouais

And when melodies are gone

Et quand les chants cessent

In you I hear a song

J'entends une chanson en t'écoutant

I look to you

Je te regarde

(My levees have broken, my walls have come)

(Mes barrages sont cassés, mes murs se sont effondrés)

Coming down on me

Sur moi

(Crumbling down on me)

(Croulant sur moi)

All the rain is falling

Et la pluie tombe

(The rain is falling, defeat is calling)

(La pluie tombe, la défaite est là)

Set me free

Libère-moi

(I need you to set me free)

(J'ai besoin que tu me libères)

Take me far away from the battle

Eloigne-moi de la bataille

I need you

J'ai besoin de toi

Shine on me

Viens m'éclairer

I look to you (x2)

Je te regarde

After all my strength has gone

Après que toutes mes forces aient été épuisées

In you I can be strong

Avec toi je me sens forte

I look to you (x2)

Je te regarde

And when melodies are gone

Et quand les chants cessent

In you I hear a song

J'entends une chanson en t'écoutant

I look to you

Je te regarde

Yeah

Ouais

I look to you

Je te regarde

Ooh…

Ooh…

I look to you

Je te regarde

Je me surprends à prier, « Seigneur, par pitié faites que je ne flanche pas ! Protégez ma relation et donnez-moi de la force et de la maturité. Aidez-moi à prendre de la hauteur par rapport aux événements et aux choses ! Cette fille comme toutes les autres qui posent les yeux sur mon homme, neutralisez-les ; rendez Kader imperméable à toutes les tentatives de séduction. Ne le laissez pas entrer dans la tentation et préservez-le de toutes rencontres qui pourraient menacer notre couple ! Seigneur mer… »

Je suis interrompue par un cri ! Oh God ! Voilà que ça reprend. Je me précipite vers la chambre d'ami ; lorsque j'ouvre, la scène à laquelle j'assiste est juste incroyable. Sous mes yeux, je voyais Kader se faire projeter contre le mur par une force invisible, il tombe dans un bruit mat. Il essaye de se remettre sur pied et se met dans une posture de défense ; je regarde, il n'y a personne ! Il esquive des coups, avant de tomber à nouveau et de protéger son visage. Je me précipite pour prendre mon téléphone.

Chapitre 13 : Mystérieuse agression

Je suis interrompue par un cri ! Oh God ! Voilà que ça reprend. Je me précipite vers la chambre d'ami, lorsque j'ouvre, la scène à laquelle j'assiste est juste incroyable. Sous mes yeux, je voyais Kader se faire projeter contre le mur par une force invisible, il tombe dans un bruit mat. Il essaye de se remettre sur pied et se met dans une posture de défense ; je regarde, il n'y a personne ! Il esquive des coups, avant de tomber à nouveau et de protéger son visage. Je me précipite pour prendre mon téléphone.

Les mains tremblantes, je compose le seul numéro que je pouvais composer à l'heure-là. Au bout de la troisième sonnerie

Tim : Tu as vu l'heure ?

Moi (*paniquée*) : Il faut que tu viennes immédiatement chez moi !

Alerté certainement par le ton de ma voix :

Tim : J'arrive !

Je retourne dans la chambre, Kader est recroquevillé sur le sol. Complètement replié sur lui-même, je me baisse à son niveau.

Moi : Bébé ? Kader ?

Kader : Aïe !

Je viens de lui palper les côtes. Oh mon Dieu ! Mais que se passe-t-il ?!!

Moi : Chéri... chéri ! Oh Seigneur ! Chéri !

Kader : Hmmm ?

Moi : Essaye de te redresser, s'il te plaît ! Il faut que tu m'aides un peu.

Il hoche la tête, son visage est tuméfié... Comme s'il avait reçu de vrais coups ! Baraqué comme il est, j'arrive juste à le faire asseoir. Je l'aide à s'adosser au mur. Je vais chercher de quoi faire un pansement.

Quelques minutes plus tard, j'entends sonner. Ce doit être Tim… Je m'essuie les mains et me dirige vers le portail. Dès que j'ouvre, mon ami se faufile dans la maison. Il me regarde de la tête aux pieds.

Moi : Ce n'est pas pour moi que je t'ai fait venir… Viens… Ne restons pas là !

Tim : Selma…

Je le tire par le bras et presse les pas.

- Tous ces mystères me…

On rejoint Kader dans sa chambre. Le choc se lit dans les yeux de Tim… Hum donc je ne suis pas folle !

- Merde on vous a agressé ou quoi ?! Selma, que s'est-il passé ici ?

Moi : Aide-moi à le mettre au lit, s'il te plaît !

Tim : il lui faut des soins ! Allons à l'hôpital !

Moi (*précipitamment*) : Non !

Je ne sais pas pourquoi, mais je sens que l'hôpital va compliquer les choses !

- S'il te plaît !

Tim : Ok… J'appelle un ami médecin… J'espère pour toi qu'il est disponible !

Deux heures et demi plus tard

Docteur : Le réveil va être douloureux pour lui… Il faudra le veiller… Il aura certainement de la fièvre… Je vous laisse l'ordonnance, j'ai également demandé une radio du thorax.

Moi : Merci Docteur… C'est gentil de vous être déplacé

Tim : Awé[5]… merci infiniment !

Docteur : Je t'en prie ! Bon je vais y aller !

---

[5] Man/gars/guy en argot de la langue fon, dialecte du sud Bénin.

Nous raccompagnons le médecin jusqu'au portail. Le ciel commence à s'éclaircir, nous sommes restés éveillés toute la nuit et ce n'est pas encore fini ! On revient vers la maison, je jette un œil rapidement : Kader dort pour le moment. Le médecin lui a mis des antalgiques, un pansement serré au niveau de la poitrine. Je m'approche du lit, sa lèvre supérieure est fendue, un cocard et une blessure à la tempe. Mais son souffle est régulier. Rassurée, je ressors sur la pointe des pieds. Je passe à la cuisine pour nous faire du café à Tim et moi.

Une quarantaine de minutes plus tard, je souffle…

Moi : Voilà tu sais tout !

Tim : Cette histoire est incroyable ! Je veux dire, heureusement que c'est toi qui me la racontes !

Moi : …

Tim : Rien ne t'oblige à subir ça !

Moi : Je l'aime, Tim ! Et même si je n'avais pas ce sentiment… Tu voudrais que je le laisse dans la rue ? Livré à lui-même ?! Ce n'est pas moi ça, j'en suis incapable !

Tim : C'est bon ! Ne t'énerve pas !

Moi : …

Tim : Tes parents sont informés ?

Je secoue négativement la tête.

- Selma ! Tu n'es pas raisonnable là !

Moi : Je ne veux pas les inquiéter. Et tu veux que je leur raconte quoi ?! Cette histoire est décousue, compliquée.

Tim : Ok… Peux-tu m'en dire plus ? …sur lui …enfin ce que tu sais.

Moi : Ok

Je raconte ce que je sais de Kader, l'homme qui m'a volé mon cœur et qui n'a pas de mémoire.

Sous d'autres cieux

Eaubonne, France

Maman Zouhé

La flamme de vie a tremblé toute cette nuit. Mes yeux ne l'ont pas quittée ; je suis restée assise à regarder le cœur serré, la gorge nouée, priant que rien ne soit arrivé à mon enfant. Un peu avant l'aube, elle s'est stabilisée et je peux enfin souffler.

Chapitre 14 : Ouaga, nous voilà !

Une dizaine de jours plus tard

*** Fidjrossè, Cotonou ***

Selma

J'étais épuisée ; veiller un malade, mieux un homme du gabarit de Kader n'est pas aisé. Là, il arrive à se lever, à bouger. Hummm, au boulot Tim me couvre et j'arrive à travailler de la maison.

Ce matin on vient de finir la toilette, Kader est adossé aux oreillers quand je sens son regard sur moi. Je le fixe à mon tour et il me fait signe d'approcher. J'avance à petits pas, il tapote la place à côté de lui.

Je m'installe au bord du lit, mes yeux rivés aux siens.

Kader : Je te demande pardon...

Étrangement, j'ai l'impression que c'est lié à l'épisode de Carmen. Comme pour me donner raison, il continue.

- J'ai voulu faire le con... Mais je t'aime toi.

Moi : Qu'est-ce qui te fascine chez elle... et que je n'ai pas ?

Kader : Rien... C'était de la curiosité... Elle me traque littéralement dans Cotonou. Je ne veux pas être brutal mais je voulais voir ce qu'il y avait derrière tout ça.

Moi : Hmm... Je croyais que tu... enfin tu...

Kader (*me coupant*) : Oui... Je ne suis pas un salaud mais je ne suis pas un saint. Selma... Jamais je ne te ferai mal délibérément. Ce que tu as vu ne serait pas allé plus loin. Je sais que tu doutes et que tu es malheureuse... Je t'en demande pardon. Tu veux bien, s'il te plaît ?

Moi : J'ai besoin de temps...

Kader : Je comprends... Merci pour tout le reste...Euh... Je voudrais te dire aussi que dès que je serai rétabli, il faut que j'aille au Burkina Faso.

Moi : Pardon ?!!

Kader : J'ai eu des flashs… C'est au Burkina que j'ai été battu… A Ouagadougou précisément.

Moi : Pourquoi ?!

Kader : C'est ce qu'il faut que je découvre ! Si des gens m'en veulent à ce point peut-être que ma fille n'est pas en sécurité… Bref, je ne peux pas rester sans comprendre !

Moi : Ok.

Quelques jours plus tard

Maquis Chez Amy

Tim : Tu n'y penses pas sérieusement… Pas vrai ?

Je déjeune avec Timmy au maquis ivoirien de Placodji. Il réagit négativement parce que j'ai émis la volonté de partir à Ouagadougou avec Kader.

Moi : Je ne comprends pas ta réaction.

Tim : Ce mec t'a envoûtée ou quoi ? Tu ne peux pas le suivre au Burkina ! Loin de chez toi !

Moi (*butée*) : Ce mec comme tu dis, je l'aime ! Je l'aime, Tim ! Et je ne suis plus une gamine !

Tim (*posant sa main sur la mienne*) : Selma…

Moi (*changeant de sujet*) : Où en es-tu de tes recherches ?

Tim : Il n'y a rien sur lui concernant le Burkina. Actuellement, je cherche sur la France… J'aurai bientôt un contact qui m'aidera à éplucher les listes liées aux professions d'artisans.

Moi : Mais pourquoi la France ?

Tim : Il a le même accent de benguiste que toi et c'est ce que j'ai sous la main… Pour le moment.

Moi : lol… Ok… Merci

Une semaine plus tard

Ouagadougou

On arrive à Ouagadougou sous un soleil brûlant avec le bus de TCV. J'aurais préféré l'avion mais Kader n'a pas de papiers, au moins à la frontière terrestre ça se gère facilement quand on glisse de l'argent.

J'ai les jambes engourdies et je peine à tenir debout. Tim nous avait recommandé un ami à lui Lucien Yaméogo, chauffeur de voitures de location et plus, comme lui-même aime à le dire. Selon Tim, ce dernier connaît Ouaga comme sa poche. On avait déjà échangé un peu via WhatsApp, lui et moi.

Après trente minutes, nous arrivons à récupérer nos bagages. Je me renseigne pour nous acheter des puces quand quelqu'un me tapote le dos, je me retourne pour rencontrer le regard rieur de Lucien. Court, trapu et de teint noir, c'est le bonhomme bon vivant qu'il m'a paru être que je vois.

Moi : Lucien ?

Lucien (*souriant*) : en chair et en os ma chère !

Moi : Ah ! Dieu merci... Je te présente Kader !

Lucien (*serrant chaleureusement la main de Kader*) : Enchanté mon frère, bienvenue au pays des hommes intègres ! Le voyage a été, j'espère !

Nous : Oui merci.

Il nous guide vers l'extérieur, nous nous dirigeons vers une Peugeot 505 grise pompeusement baptisée « Limousine ». Kader et moi échangeons un sourire entendu.

Lucien : Je vous ai trouvé une maison d'hôtes confortable et les prix sont corrects à la Zone du Bois. La patronne est une grande amie. Vous y serez bien !

Moi : Merci Lucien

A cette heure-ci, la circulation est fluide, la « Limousine » roule à une bonne allure. J'ai l'impression que nous sortons de ce qui semble être le centre-ville.

Quelques minutes plus tard, nous nous arrêtons devant une belle villa. Lucien descend et sonne, une belle dame de type européen d'une cinquantaine d'années vient ouvrir.

… : Bienvenue ! Moi c'est Nora !

Lucien : Hey ! Venez, je vous présente Nora votre hôtesse ; Nora, je t'ai amené Kader et Selma !

Nora : Bienvenue au Faso !

Elle fait un signe et deux jeunes gens viennent récupérer nos bagages, Kader me tient par la taille et nous suivons notre guide et notre hôtesse.

La maison est grande et spacieuse. Au loin on aperçoit le bassin bleu d'une piscine. Elle nous montre le salon commun, la cuisine, le jardin et enfin notre chambre. La chambre Safari, la décoration est typiquement ethnique, mon regard de professionnel enregistre rapidement les belles pièces, l'agencement. Tout est sobre, propre et pratique, je m'y sens bien tout de suite. Nos affaires arrivent. Après un tour rapide, nous nous retrouvons seuls.

Moi : Qu'est-ce que tu en penses ?

Kader : J'aime…

Hum j'ai remarqué que depuis notre arrivée, il est taciturne. Il n'a pas décroché beaucoup de mots. Je me colle à lui comme pour le bercer.

Kader

Je ne suis pas bien, je crois que Selma l'a senti : je n'arrive pas à suivre son enthousiasme. Ce voyage est déterminant pour moi depuis que j'ai pris la résolution de revenir ici. Oui j'ai bien dit « revenir », mes flashs se sont intensifiés et je suis déjà venu au Faso. Aujourd'hui, j'ai une idée approximative de ce qui m'a amené ici. Je sais que c'est dangereux et j'ai peur pour la femme que j'aime. Hum… mais rien n'aurait pu dissuader Selma de me suivre.

Elle se serre contre moi et je referme mes bras sur elle. Je mets mon nez dans son afro, sa touffe sent le beurre de mangue.

Selma : On se croirait presque en vacances…

Moi (*voix grave*) : Oui… sauf qu'on est là pour autre chose.

Selma : Kader… Je sais que ce n'est pas facile pour toi mais je suis là ! Je vais t'aider au mieux !

Elle se dresse sur la pointe des pieds et m'embrasse ; alors je sens mes reins s'embraser malgré la fatigue que je ressens. C'est fou l'effet qu'elle a sur moi !

- ça te dirait de prendre une douche ?

Elle le demande d'un ton si ingénu et craquant. Je souris tendrement et la suis.

Le soir même

*** Maison d'hôtes Chez Nora – Quartier Zone du Bois – Ouagadougou, Burkina Faso***

Lucien

Nous sommes attablés, mes hôtes et moi dans le jardin. Selon ce que Tim m'a expliqué, je devrais leur servir de guide.

Moi : Vous êtes bien installés ?

Kader : Oui c'est parfait.

Je suis étonné qu'il réponde, il était comme une huître à leur arrivée. On se met à table, l'atmosphère est assez détendue et plaisante. J'en profite pour mieux faire connaissance avec eux. En les regardant, ils se complètent bien, anticipent les désirs l'un de l'autre. Au bout d'un moment, je demande curieux.

Moi : ça fait longtemps que vous êtes ensemble ?

Selma : Non… Pourquoi ?

Moi : Vous êtes parfaits… Je comprends pourquoi tu ne l'as pas laissé venir seul au Faso. Les filles d'ici sont très jolies dèh !

Elle laisse entendre un rire cristallin et pose la tête contre l'épaule de son homme. Ils s'aiment, c'est tout et ça se voit comme le nez sur la figure. On rigole encore un peu avant d'aborder les sujets sérieux. C'est d'ailleurs Kader qui l'entame.

Kader : Tu connais les Kanaté ?

Lucien : Mon frère c'est comme si tu demandais un Ouédraogo... Il y en a plein au Burkina Faso.

Kader : Tout ce que je sais, un Kanaté riche, des questions d'héritage qui suivent la mort du patriarche.

Lucien : Ah je vois... Il y a environ deux ans le vieux Kanaté est décédé. J'ai ouï dire que sa succession s'est avérée problématique. La famille s'est déchirée... Laisse-moi te revenir avec plus d'information, s'il te plaît.

Kader : Je te remercie... Je ne te cache pas que le temps est...

Lucien : Fais-moi confiance ! Tim vous a envoyés vers la bonne personne.

Kader : Hum...

Chapitre 15 : Faire des choix

Quelques heures plus tard

Kader

On est dans notre chambre. Je rejoins Selma près de la baie vitrée ; elle a son téléphone en main.

Moi (*l'enlaçant par derrière*) : Tu n'as pas sommeil ?

Selma : Non… Je regarde le ciel ouagalais… Il est beau et paisible

Moi : Hmmm… Tu as appelé Cotonou ?

Selma : Euh oui…oui… Maman, pour lui dire que nous sommes bien arrivés.

Moi : Je suis curieux de savoir ce que tu leur as raconté

Selma : Lol… Rien de spécial, je leur ai dit que je prenais quelques jours avec toi… C'est tout.

Moi : Ok… Je ne sais pas si c'est une bonne idée de t'avoir laissé venir ici… Les personnes qui s'en prennent à moi semblent déterminées.

Selma : On en a déjà parlé, bébé… s'il te plaît !

Moi : Ok… Viens on va se coucher… Le voyage a été long.

Selma

Je m'allonge dans le lit jumeau. Ce soir, le sommeil va être long à venir malgré ma fatigue. J'ai appelé Cotonou, pas mes parents mais plutôt Tim. Il a des infos de première main : Kader Diaby n'existe pas mais plutôt Kader Sidibé surnommé Diaby, maître ébéniste, 40 ans patron de sa propre entreprise et membre fondateur de l'association des artisans du Bois d'Île de France. Marié et père de famille.

Selon Tim, la description correspond ; il m'enverra des documents pour étayer tout ça demain.

*** Quelque part dans Ouaga 2000 – Ouagadougou, Burkina Faso***

Lucien

Ça fait un peu plus de deux heures que nous sommes assis dans la voiture à observer la maison du vieil Ousmane Kanaté. A ma montre il sonne 9h et demie, je jette un œil sur mon « camarade », son regard ne quitte pas l'entrée, comme s'il attendait quelque chose.

J'ai mis trois jours pour glaner et recouper des informations, il avait vécu des choses terribles apparemment. Mais on dirait qu'il maîtrise parfaitement ses sentiments ; les rares fois où il laisse transparaître quelque chose, c'est quand il parle de Selma ou que ses yeux se posent sur elle.

Kader : Regarde, c'est lui !

Moi : Han !

Je reporte mon attention sur l'entrée, je vois un vieil homme grand habillé d'un boubou blanc sortir de la maison et se diriger vers une voiture garée pas loin. Il tient à la main un chapelet. L'habitacle de la voiture semble tout d'un coup trop petit, tant Kader tendu. On dirait un ressort.

Kader (*dents serrés*) : C'est lui ! Tonton Issa ! Je n'oublierai jamais son visage !

Moi (*d'un ton apaisant*) : Ok… Au moins on est sûr maintenant que c'est la bonne adresse.

Kader ne m'écoute plus vraiment. C'est comme s'il était dans une autre dimension, le corps secoué de gros frissons. J'avais déjà vu beaucoup de choses mais rien de pareil. Je n'ai pas peur ; d'un ton ferme et apaisant je l'appelle par son prénom :

- Kader !

Il lève des yeux hagards sur moi, secoue la tête et se reprend. Il s'adosse à son siège et ferme les yeux comme si l'exercice lui en coûtait.

Kader (dans un souffle) : Rentrons…

*** Maison d'hôtes Chez Nora – Quartier Zone du Bois – Ouagadougou, Burkina Faso***

Selma

Je suis assise mais j'ai l'impression de tomber dans un gouffre sans fin. Je viens de télécharger le dossier que m'a envoyé Tim ce matin. En face de moi, Loubna[6] une jeune Burkinabé qui aide à la Villa, faisait la liste des courses pour le marché. J'avais prévu de la suivre pour voir un peu la ville. Oh mon Dieu !

Loubna : Tantie... Tu m'entends non ?! On va partir dans une heure si ça te va !

Moi : Euh...

Loubna : Tu ne veux plus partir au marché ?

Moi : Si...Si bien sûr ! Le marché... C'est parfait

Loubna (*satisfaite*) : Ok !

Un article de presse : la photo de Kader apparaît... C'est le même homme...en plus sophistiqué...A côté de lui pose une petite fille et un tout petit garçon. Ses enfants... et Son épouse, on parlait de Success Story.

Un autre article parle de sa disparition. Je regarde les photos, engrange le maximum d'informations.

Ainsi, "mon" Kader est marié... Il avait une vie claire et bien établie, si je lui parle maintenant... Je le perds. Si je ne lui dis rien... Il continuera de se tourmenter.

J'en suis là de mes réflexions, lorsque j'entends des portières claquer. C'est certainement Lucien et lui. Ils sont sortis tôt ce matin, je ne sais pas où ils sont allés. Les pas et les voix se rapprochent, je reporte mon attention sur mon écran et clique sur supprimer le dossier.

Kader : Ah chérie te voilà !

Je me lève et souris, je confirme la suppression. Alors je referme les bras sur lui, je cherche sa bouche pour un baiser. Quand on se sépare :

- Wow, je t'ai manqué à ce point ?!

J'ai eu envie de lui dire « j'essaye juste de profiter du peu de temps qu'il me reste à passer avec toi ». Désormais, ma relation est en

---

[6] Tu te reconnaîtras, merci pour ton aide.

sursis. Dès qu'il recouvrera la mémoire, il retournera vers les siens ; c'est un homme bon, loyal mais surtout juste.

Vous me direz que je n'ai pas le droit de lui cacher tout ça, je vous comprends mais vous n'êtes pas à ma place. J'ai besoin de quelques semaines avec lui, j'ai besoin de me préparer à le perdre, j'ai besoin d'être prête... Pour ça !

Moi : Tu me manques tout le temps !

Lucien (*moqueur*) : Abah ! Non vous-là quoi, vous allez rendre les gens autour de vous aigris ! Je vais aussi me trouver mon amoureuse.

Loubna : Hey Lulu, qui voudrait d'un vieux croûton comme toi ?

Lucien : Moi ?! Loubna, la vapeur de tes fourneaux t'empêche de voir dèh !

On éclate tous de rire. Je me sens bien dans ce pays et j'adore le caractère chantant de l'accent burkinabé.

Lucien, Kader et moi, nous nous mettons un peu plus loin dans le jardin. Dès que nous sommes installés, nous redevenons tous sérieux.

Moi : Alors ?

Kader : On a repéré la maison, elle est située dans Ouaga 2000.

Lucien : On est resté à l'écart pour observer un peu.

Ils me racontent ce qui s'est passé... Y compris la transe de Kader. Cette fois, il n'a pas été violent. Mais ses souvenirs remontent à grands pas en tout cas.

Kader : Je vais me reposer un peu.

Moi : Ok... Je vais visiter le marché avec Loubna...

Sous d'autres cieux

Région Parisienne, France

Yacine

Je suis rentré un peu plus tôt de l'école. Je suis dans l'atelier de papa au sous-sol. J'aime bien me réfugier ici quand il me manque trop. Ici, grâce à grand-mère, les choses sont restées intactes, comme si papa allait revenir. La table à croquis, le crayon, l'odeur de bois qui flotte encore ; je suis perdu dans mes pensées quand j'entends des bruits de pas. Instinctivement, je me cache derrière l'une des œuvres qui trainent là. Les pas se rapprochent, puis je vois des jambes d'homme... La personne se met à fouiller les tiroirs, elle semble bien connaître les lieux en tout cas. De là où je suis, je ne peux pas voir son visage.

A un moment, il se cogne le genou contre un meuble et jure de façon grossière ! Ah si mamie était à côté ! Mais attendez cette voix ! C'est celle de tonton Booba ! Tonton Booba ! Quelque chose dans son attitude m'empêche de sortir. Je reste sagement dans ma cachette, il fouille encore un moment, feuillète des documents avant de repartir bredouille.

Quelques jours plus tard
Sous d'autres cieux – Ouagadougou, Burkina Faso

Kader

Je cours, mes pieds s'enfoncent dans le sable mais rien ne peut m'arrêter, l'appel est le plus fort. La voix m'appelle... Je me retrouve devant une case, lorsque j'entends « Entre mon fils », je me réveille en sursaut... C'est encore le même rêve. Je n'ai pas arrêté de le faire depuis deux nuits.

Je sens Selma tâter le lit et me chercher instinctivement. Je lui caresse les cheveux. Trois semaines que nous sommes à Ouaga... Trois longues semaines à tâtonner, un coup je me sens près du but, un coup tout s'éloigne.

Selma (*voix endormie*) : Tu ne dors pas ?

Je tourne la tête de son côté pour réaliser qu'elle ne dort plus. Elle me caresse le dos, puis ses deux mains se joignent sur mon torse. Elle les glisse d'abord sur mon ventre, puis plus bas. Alors je commence à avoir du mal à réfléchir.

J'émets un grognement quand elle referme sa main sur mon membre déjà dur. Elle me pousse sur les oreillers et s'assied à califourchon sur moi. Je me laisse faire. Pour moi, ce sont les meilleurs moments, les seuls où je suis apaisé, les seuls où j'oublie tout, les seuls où je ne me torture plus l'esprit.

Elle se penche et je happe un téton, je l'entends gémir ; je pose ma main sur le second et le pince. Ensuite ma langue trace un sillon jusqu'à sa gorge, je cherche sa bouche. Nos langues s'entremêlent, elle encadre mon visage de ses deux mains et approfondit notre baiser. C'est bon, comme à chaque fois, le brasier s'allume entre nous.

Lorsque je la sens prête, je l'aide à s'empaler sur moi, de mes mains j'accompagne les mouvements de va et vient. A un moment je la sens partir, je sens les habituelles contractions de son intimité sur mon prépuce et je sens le plaisir monter en moi, je m'accroche à elle et j'explose dans un grognement.

Quelques minutes plus tard

Je sens quelque chose me mouiller la poitrine… Des larmes…

Moi (*paniqué*) : Bébé ! Je t'ai fait mal !

Selma (*d'une petite voix*) : Non ! Ce n'est pas toi, c'est moi.

Moi : Que se passe-t-il ?

Selma : Promets-moi que tu ne me détesteras pas… Que quoi qu'il arrive, ce qui s'est passé entre nous comptera… Toujours !

Moi : Chérie ! Pourquoi je te détesterais ?! Ça ne risque pas d'arriver. Je t'aime, c'est le plus important !

Selma : …

Bon peut-être que loin de ses parents et avec ma quête de vérité je l'ai un peu négligée. C'est peut-être ça qui lui fait penser que je ne l'aime plus. Ah les femmes ! Je l'embrasse à nouveau et le feu reprend.

Chapitre 16 : En quête de vérité (1)

Le lendemain

Maison Kanaté – Ouaga 2000 – Ouagadougou, Burkina Faso

Issa Kanaté

Dans quelques semaines, le délai que père a mis dans la première partie de son testament pour la liquidation de sa succession expire. Tous les biens reviendront aux associations de musulmans pour la construction de mosquées, d'écoles et de soutiens aux orphelinats. Mais jusque-là, la seconde moitié n'a pas été retrouvée ! Même l'autre vaurien dans le pays du blanc là-bas n'a rien trouvé. Il dit pourtant avoir tout fouillé dans la maison.

Sans l'autre moitié, mes frères et moi avons beau posséder les maisons et les terrains, nous n'avons absolument rien : la répartition des entreprises et de l'argent est contenue dans ce foutu document.

Moi, je commence véritablement à perdre patience ! Je réunis mes six fils chez moi, l'heure est grave ! Si nous ne trouvons pas rapidement une solution, la justice va s'en mêler !

Un peu plus loin

*** Maison d'hôtes Chez Nora – Quartier Zone du Bois – Ouagadougou, Burkina Faso***

Kader

Moi : Allô Lucien ? On peut se voir aujourd'hui, s'il te plaît ?

Lucien : Dans une heure alors.

Moi : Ok c'est parfait.

Je regarde ma montre, 6h30 du matin. Il faut dire que je n'ai pas vraiment pu retrouver le sommeil après avoir fait l'amour avec Selma. Elle a fini par se rendormir. Je sens que le moment approche, que les pièces du puzzle ne tarderont pas à se mettre en place. J'ai une idée, c'est une piste qu'il faut creuser.

Une heure plus tard

Je retrouve Lucien dans la cuisine, c'est entre autres ce que j'aime chez ce bonhomme : ponctualité et efficacité. On se sert une tasse de café quand Selma nous rejoint. Elle semble plus calme en tout cas.

Selma (*m'embrassant*) : Bonjour chéri.

Lucien : Abah ! Matin bonheur comme ça là ! Loubna, pardon viens aussi.

Loubna : Onh Onh dèh ! Lulu, enlève mon nom dans tes affaires !

Lucien : Eh ma panthère ! On dirait que tu es mal réveillée dèh ! Bon je vais attraper les douceurs que tu as fabriquées ce matin !

Loubna : Ce n'est pas mieux pour toi wèh !

On rigole, pendant qu'on se sert café et viennoiseries faits maison. Lucien a raison quand il dit qu'elle fait les meilleures viennoiseries de Ouaga.

Nous nous asseyons et les deux autres braquent leurs regards sur moi. Je me racle la gorge. A cette heure de la journée, il n'y a quasiment personne.

Moi : Tu connais Diaba Lompo ?

Lucien : Pardon ?!

Selma : C'est qui ?

Ils avaient parlé presque ensemble. Depuis deux jours, je fais le même rêve : une voix qui m'appelle, une voix gaie joyeuse !

Moi : Je fais des songes étranges depuis deux jours, je suis dans une région que je ne connais pas vraiment… Une voix de femme qui m'appelle… qui me demande de la suivre. A chaque fois que je lui demande son identité elle me dit : « Je suis une fille des contrées rudes… descendante de Diaba Lompo ! »

Lucien : Pour ce que je sais, une des légendes du pays Gourmantché dit que Diaba Lompo descendit du ciel tout armé, accompagné de sa femme KOMBARI et monté sur son cheval coursier. Avec lui, il amène une paire de chaque animal. Il atterrit vêtu de blanc dans la brousse entre PAMA et PORGA à KANKANGOU. A l'endroit de sa descente, on montre encore la trace de son pied sur le rocher de KOUDIABOANGOU, la grande montagne noire. Les pierres n'étaient pas encore solidifiées. On montre aussi l'empreinte des pieds, des mains, des coudes de la femme dans la prosternation ainsi que les empreintes du sabre que DIABA LOMPO posa à côté de lui[7].

Moi : Hum !

Selma : Alors que faisons-nous ?!

Moi : Nous irons dans la région... Peut-être qu'en arrivant dans les parages mes songes se feront plus précis... Comme jusqu'ici ?!

Lucien : Alors nous irons à Fada Gourma... un peu plus de 200 km d'ici !

Moi : Je sens que la clé de beaucoup de choses se trouve là-bas ! Jusqu'ici mon instinct ne m'a pas encore trompé !

Lucien : Je te comprends... Mais on va chercher quoi là-bas ?

Moi : Je n'en sais rien... Je sais juste qu'il faut que j'y aille !

Sous d'autres cieux

Eaubonne - Ile de France, France

Maman Zouhé

Comme chaque soir, je regarde la flamme avant de m'endormir. Elle était vive depuis quelques jours et flambait avec beaucoup d'éclat. Mon fils va bien et ça m'apaise. Je me couche et m'endors presque automatiquement.

La flamme elle s'agrandit et devient énorme, étrangement je n'ai pas peur, je ne crois pas que la maison brûlera non plus !

---

[7] Extrait des écrits de Nassouri Bourdia Georges, *Histoire du royaume gourmantché selon les traditions orales.*

Voix : Zouhé ! Ma fille ! Le moment est proche ! Le Toro-Gbaitigui[8] est de retour sur les terres du Faso ! La prophétie va s'accomplir ! Tu connais les conséquences !

Moi (*sereine*) : Oui Kompoh ! Ne t'inquiète pas, je paierai mon tribut.

Voix : Il sera là… C'est ainsi !

Moi : Tu le protégeras d'eux ?!

Voix : Il a une âme noble et un esprit grand ; de tout son être émane un fluide d'une grande pureté, imprégné d'influences curatives, apaisantes. Même les esprits de la nature s'inclinent sur son passage. Il vaincra ! Même si les ennemis sont nombreux et très proches[9] !

Trois jours plus tard

Lucien

Nous prenons le départ aux aurores, afin de parcourir une bonne distance avant que les rayons du soleil ne commencent à taper fort. Je fais mes dernières vérifications quand mes compagnons d'aventure se montrent. Moi, j'ai l'habitude de voyager, parfois dans des conditions précaires. Mais eux, je ne sais pas trop.

Moi : Bonjour mes gens, on peut y aller ?

Kader : Oui !

Moi : Hey Selma, on dirait que tu n'es pas du matin dèh !

Selma : Lol… Je te passe le bonjour de Loubna

Moi : Ah mon amoureuse ?!

Selma (*rigolant*) : Elle arrive pour toi, qu'elle t'entende…

Nous continuons de plaisanter tout en prenant le départ. A pareil moment, la circulation est assez fluide. De fait, on dirait qu'il n'y a presque personne. On a environ cinq heures de route à faire. Une pause-déjeuner a été prévue avant qu'on ne reprenne la route. Nous décidons de la faire à midi et demie.

---

[8] Porte-flambeau en langue dioula.
[9] Extrait d'un enseignement de spirituel.

Le relief est escarpé par endroit. La « Limousine » attaquait une montée quand Kader crie :

« Arrête le véhicule, s'il te plaît ! »

Moi : Djo ! Au milieu de nulle part comme ça ?!

Kader (*insistant*) : Arrête le véhicule s'il te plaît ! Fais une reverse. J'ai vu... J'ai vu une vieille dame un peu avant la montée.

De mauvaise grâce, j'opère la manœuvre. Arrivés à l'endroit indiqué, il y a effectivement une petite vieille : elle parait sans âge et est toute frêle. Mais ses yeux sont vifs, son sourire bien qu'édenté est très beau, de longues scarifications lui balafrent chaque côté du visage, des tempes au menton... C'est une Gourmantché. Je regarde Kader descendre et se diriger vers elle. Ils parlementent, je me demande d'ailleurs en quelle langue et je le vois revenir avec la vieille.

Il ouvre la portière et réveille Selma qui dort à poings fermés.

Kader : désolé chérie, fais un peu de place ; on a une invitée.

Selma (*se frottant les yeux*) : Hmm ?!

Kader : Pousse un peu s'il te plaît mon amour.

Selma : Ok... Bonjour mémé.

Vieille dame : Banzour !

C'est tout. Moi je ne suis pas du tout chaud. On est dans la province du Gourma, ça se voit qu'il ne connaît pas le Faso. C'est le haut lieu de la magie et du wak[10].

Nous roulons encore un moment. A une quinzaine de kilomètres environ de Fada N'Gourma, le chef-lieu de la Province, la vieille demande un arrêt. Je repère un gros arbre de Karité et je gare la voiture pas loin. Dans cette zone, le néré, le karité et le baobab poussent bien. Le soleil tape très fort à cette heure. Il doit bien être 13 heures maintenant.

---

[10] Mot pour désigner les gris-gris/gbass/bô, c'est-à-dire, des pratiques occultes

On descend tous se dégourdir les jambes. Notre « invitée » s'installe sous l'arbre et s'y adosse confortablement, j'espère qu'elle ne pense pas faire la sieste ici hein !

Selma : Tant qu'à faire une pause autant déjeuner ici non ?! Qu'est-ce que vous en pensez les garçons ?

Kader : Moi ça me va ! Pendant que vous déchargez le véhicule, je vais porter un peu d'eau à la grand-mère.

Kader

Etrangement, cette vieille dame me touche énormément. Qui sait, peut-être que j'avais une grand-mère quelque part dans ce vaste pays ? Je prends une petite bouteille d'eau minérale et me dirige vers elle. Dès qu'elle me voit m'approcher, elle me fait un grand sourire. Je le lui rends, elle me fait signe d'approcher plus près, je me hâte et m'agenouille instinctivement devant elle. Elle me parle en gourmantché une langue que je ne maîtrise pas ; je lui réponds en dioula. Aussi étrange que cela puisse paraître, on se comprend.

Vieille femme : Tu es sûr que je ne contrarie pas tes plans ?

Moi (*lui tendant la bouteille*) : Non grand-mère… De toute façon nous avons prévu d'aller jusqu'à Fada. On n'est plus très loin, un arrêt ou deux ne changeront pas grand-chose.

Vieille femme : Que cherches-tu mon fils ?

Moi : La vérité

Vieille femme (*le regard malicieux*) : La vérité hein !

Elle éclate d'un rire gai et je sens des frissons me parcourir l'échine… Seigneur, ce rire ! C'est celui de mes songes ! Elle plonge son regard dans le mien.

- Va jusqu'à Tanwolbougou et demande Kompoh !

Avant que je ne puisse dire quoique ce soit, elle disparaît sous mes yeux ! Je vous jure, elle n'est plus là ! Je ne sais pas si j'ai crié mais les autres viennent vers moi au pas de course. Je dois avoir le regard fou, Selma me demande de me calmer.

Moi : Elle a disparu ! La vieille a disparu sous mes yeux !

Si je ne lui avais pas porté la bouteille et qu'elle ne l'avait pas prise, je penserais que j'avais rêvé. Elle est partie !

Lucien : Hum… Mon frère ! Tu vois pourquoi je n'étais pas chaud ? Le Gourma est la contrée du mystique !

Kader : Mais c'est elle que je vois en songe ! La voix qui m'a dit « Je suis fille des contrées rudes… descendante de Diaba Lompo ! ». Elle m'a dit juste avant de partir : « Viens à Tanwolbougou et demande Kompoh ».

Lucien : Ok… ça veut dire qu'on a encore du chemin. C'est arrivé à Fada qu'on va chercher la route.

Selma vient me serrer contre elle. L'un contre l'autre, nous marchons lentement jusqu'à la voiture, moi perdu dans mes pensées, elle, me murmurant des paroles de réconfort.

Chapitre 17 : En quête de vérité (2)

Lucien

On entre dans le village vers 16 heures. Celui-ci ne semble pas vraiment peuplé, une agglomération de quelques cases. Nous dirigeons le véhicule vers ce qui semble être la place publique : sous un énorme baobab qui étend ses feuilles très loin, des vieillards sont assis çà et là et devisent tranquillement tandis que des enfants jouent à courir dans tous les sens. Un peu plus loin, une jeune femme a son étal de divers articles.

Je me gare et descends saluer poliment avant de demander Kompoh. On nous indique une case à la sortie du village.

Dès que je tourne le véhicule dans le sens qui nous a été indiqué, un grand vent se met à souffler, soulevant énormément de poussière. Un gros tourbillon s'élève devant nous ; au fur et à mesure que nous avançons, il grossit à vue d'œil.

Kader : Suis-le !

Selma : Pardon ?! Moi, je crois qu'on devrait attendre que tout ça se calme !

Kader (*péremptoire*) : Non ! Ça ne se calmera pas ! Il est là pour nous indiquer le chemin ! Je suis attendu ! Suis-le !

Moi : Je suis d'accord avec lui, Selma.

Selma : Hum... Ok

Roulant derrière le tourbillon, nous sortons quasiment du village. Au moment où nous commençons à nous demander s'il y a quelqu'un, nous entrevoyons une case. Elle était posée sur une immense plaine.

Le tourbillon se met au-dessus du toit de la case et tourne. La vieille dame sort, avec à la main, la petite bouteille d'eau que Kader lui a donnée un peu avant qu'elle ne disparaisse. Plus aucun doute, c'est bien celle que nous avons vue sur le chemin. Elle s'avance, lève la tête et fait un geste de la main. Le tourbillon s'amenuise et vient s'éteindre à ses pieds.

Kompoh : Bienvenue chez moi, jeunes gens !

Nous descendons de voiture et marchons vers elle. Arrivés à sa hauteur, elle nous fait un sourire édenté et plonge son regard dans celui de Kader.

- Que cherches-tu ?

Kader : La vérité

Kompoh : Je ne l'ai pas ! Alors je te repose la question, que cherches-tu ?

Kader : Qui suis-je ?

Kompoh : Je n'ai pas cette réponse... Elle se trouve là.

Ce disant, elle pose la paume de sa main sur le cœur de Kader.

Kader : Je ne me souviens plus de rien ! J'ai quelques bribes d'information ! Des morceaux de moi que j'essaie de recoller.

Kompoh : Je sais... Mais es-tu prêt ?

Kader : Oui !

Se tournant vers moi...

Kompoh : Toi... Tu repars ! Quand tu recevras le signal, tu te mettras en route pour revenir le chercher !

Moi : Grand-mère... Comment le saurai-je ?

Elle éclate d'un très beau rire cristallin et secoue sa tête cotonneuse. Je saisis l'allusion. Elle se rapproche de Selma et la scrute de la tête aux pieds, lui tourne autour et revient se planter devant elle. Son regard plonge dans celui de la jeune femme, comme si elle scannait son âme. Au bout d'un moment, elle fait un petit sourire en coin.

Kompoh : Toi... Tu restes ou tu pars... ce sera ta décision... tu as déjà commis une erreur... Ne te trompe plus !

Je traduis pour la jeune femme qui semblait un peu larguée.

Selma (*les larmes aux yeux*) : Je reste.

Kompoh : Bien !

Elle ne calcule plus aucun de nous et trottine pour prendre une calebasse ; apparemment, elle va chercher de l'eau. Selma se précipite pour la lui prendre. Kader et moi les regardons s'éloigner.

Moi (*me tournant vers mon hôte*) : Djo... ça va aller ?

Kader : Oui... Je suis au bon endroit.

Moi : J'y vais alors.

Nous nous faisons un hug... Puis nous nous jaugeons du regard avant que je ne tourne les talons.

Selma

Nous sommes revenues du marigot, il y a peu près une heure. Celui-ci est dans une sorte de cuvette, je suis entrée dans l'eau pieds nus, mon pantalon était tout mouillé. Au retour, j'ai dû me changer : la vieille m'a remis un pagne avec un sourire moqueur.

Je ne sais pas où tout ça va nous mener mais je suis là et je compte rester. Kader lui, semble un peu ailleurs, un peu comme replié sur lui-même. Ah lala, ma maison, ma famille et Timmy me manquent ! J'ai l'impression d'être à des années-lumière de tout ça, ici loin de tout... Le réseau ne capte pas très bien. J'espère que les parents ne vont pas s'inquiéter.

Kompoh s'active pour le repas du soir, je me lève promptement pour l'y aider. Cette vieille est infatigable hein. Elle trottine mais travaille énormément. Nous procédons à la cuisson du repas, elle fait ce qu'elle a à faire sans m'interpeller, un peu comme si je n'étais pas là. J'essaie d'aider comme je peux.

Quelques heures plus tard, après avoir mangé, nous allons tous nous coucher sur des nattes. C'était un peu inconfortable au début. Je sens la main de Kader se poser sur ma hanche. Eh pardon ! Votre parent-là veut faire quoi ici avec la vieille qui n'est pas loin ? Mieux je fais la morte.

Kader (*chuchotant*) : Détends-toi princesse... Je te sens crispée depuis notre arrivée

Moi : Kader pardon... La vieille là hum !

Kader : Chuuut

Moi : Mais…

Il me bâillonne d'un baiser auquel je réponds spontanément. Je sens ses doigts se faufiler vers mon intimité. Il se redresse sur un coude et sa main se pose sur le sein le plus proche tandis qu'il continue de me caresser. Je me mords la lèvre inférieure pour ne pas gémir… Mais c'est tellement bon, sa bouche descend au niveau de ma gorge. Ses caresses se précisent, j'ouvre les cuisses et avance instinctivement le bassin. Il introduit un doigt en moi et commence les mouvements de va et vient. Je laisse échapper un gémissement ; il m'embrasse pour me faire taire mais ça monte… le plaisir se distille dans toutes les particules de mon corps, il tape de son doigt ma petite fleur et la jouissance explose en moi. Il anticipe mon cri et m'embrasse passionnément avant de me pénétrer.

Dès que je redescends sur terre, il me serre fort contre lui. Je suis bien là, heureuse, apaisée. Je m'endors presque aussitôt.

Le lendemain matin aux aurores, c'est le bruit du ménage qui me réveille. Je m'assois, Kader dort à poings fermés. Au souvenir de la nuit dernière, un sourire fleurit sur mes lèvres. Je m'étire langoureusement avant de me lever. Il fait encore noir dehors. Dès que je sors, je réalise que Kompoh s'active : une sorte d'abri a été dressé près de la case. Ne me demandez pas quand est-ce que ça a été fait, je n'en sais rien.

Je la salue poliment et elle répond tout en continuant d'aller et de venir. Je me débarbouille un peu et fais une toilette sommaire. Je me mets à la vaisselle, puis enchaîne avec le balayage de la cour et de la case.

Le ciel s'éclaircit à peine quand elle et moi descendons au marigot ; quelques femmes du village s'y activent, certaines lavant leur linge, d'autres posant leur nasse. Je suis mon hôtesse de près.

Lorsque nous remontons, mon amour est déjà debout. Il semble nous attendre ; j'ai le réflexe de l'embrasser avant de réaliser où nous sommes. Au moment où je me détourne, il me retient et me fait un smack sur les lèvres. Il se tourne et salue Kompoh qui lui répond. Sans être burkinabé, je sais qu'ils ne parlent pas la même langue mais étrangement, ils communiquent.

Lorsque nous entrons dans la case, la vieille est penchée sur du sable et trace des symboles là-dessus, comme si elle lisait quelque chose. A aucun moment, elle ne lève les yeux vers nous. Moi, je ressors assez rapidement.

Trente minutes plus tard, elle revient avec un breuvage marron. Elle appelle Kader qui la rejoint et elle lui tend la calebasse. Il en boit le contenu, elle lui donne ensuite ce qui pourrait être des feuilles de tabac et lui indique du geste. Kader commence à mâchouiller, elle le prend par la main et commence à psalmodier des paroles… probablement des incantations. Elle le guide jusqu'à l'abri dressé la nuit et le fait entrer à l'intérieur.

Quatre jours plus tard

Ouagadougou

Lucien

Je suis en train d'astiquer ma « Limousine », il doit être 10 heures et le soleil tape déjà fort. Un vent léger se lève. Au début, je n'y prête pas attention. C'est lorsque mon seau d'eau est soulevé par un tourbillon que je percute… Kompoh !

Comme la force de la nature qu'il est, le tourbillon grossit à vue d'œil. Moi grommelant :

- Abah ! Tu peux au moins me laisser finir ce que je fais non ?! Vieille sorcière-là ! Le tourbillon redouble d'intensité.

Je me prépare et mon compagnon de voyage et moi avançons : direction Tanwolbougou !

Chapitre 18 : Le retour.

En milieu d'après-midi

Quand je me gare dans la concession de la vieille, la première personne que je rencontre, c'est Selma. Elle a les yeux tout rouges comme quelqu'un qui a pleuré. J'espère que Kader n'est pas mort dèh !

Moi : Hey petite sœur, c'est comment ?

Selma : Tu tombes bien… Je crois que je vais te suivre… pour repartir.

Moi : Ok… Où est Kader ?

Elle indique du doigt un abri dans la cour. Je me dirige vers l'endroit en appelant Kader. Il sort… C'est un homme changé ; physiquement il semble épuisé, les traits tirés. Mais ce n'est plus le même homme. Il porte un ensemble en tergal blanc immaculé… et son regard a une telle clarté, une telle puissance qu'on a du mal à le soutenir. Il y a aussi sa posture… Oui il a changé !

Kader : Bonjour Lucien

Moi : Hey Djo ! Te voilà enfin !

On se fait une accolade !

- Tu as fait quoi à la petite puis ses yeux sont rouges ?

Kader : Laisse tomber, on en parle plus tard.

Kompoh (*dans mon dos*) : J'ai cru que j'allais devoir déplacer la voiture pour te faire venir ici !

Moi (*me retournant*) : Ah grand-mère toi aussi !

Kompoh : Repartez et ne vous arrêtez pas jusqu'à destination ! Toi jeune homme, n'oublie pas tu devras RASSEMBLER ! Un Toro-Gbaitigui rassemble toujours ! Va et accomplis ta destinée !

Kader : C'est compris !

Le retour se fait dans un silence de plomb. Quelque chose s'est passé entre les tourtereaux, Selma ne décroche pas un regard à Kader et lui dit pas un seul mot. Au bout de quelques tentatives pour animer la galerie, je laisse tomber et me concentre sur la route.

Nous arrivons à Ouagadougou tard dans la nuit. On est tous crevés : je les regarde descendre. Je dis au revoir et je démarre. Le reste se dira demain.

Kader

Depuis que j'ai ouvert les yeux à Tanwolbougou, je rumine une colère noire. Je voulais savoir alors j'ai su ! Ou plutôt j'ai vu ! Ma vie a défilé de ma naissance à aujourd'hui, tout ! Je sais tout ! Je sais ce que Selma a fait.

On ne s'est pas disputé mais j'ai refusé de lui adresser la parole. Je suis trop en colère et je crains ce qui sortira de ma bouche. Kompoh m'a prévenu : « tu vis une renaissance, tes colères doivent être rares sinon ce que tu diras prendra vie ! Fais très attention car ton rôle est de RASSEMBLER ! Tu es désormais le chef d'une collectivité et sache que l'idée de royauté s'accompagne nécessairement de la maîtrise de soi. Un monarque qui cherche seulement à s'imposer aux autres alors qu'il n'arrive pas à se dominer lui-même n'est pas réellement un roi, mais un esclave. Un vrai roi a d'abord appris à être maître de lui-même. Seul celui qui se fixe pour idéal d'échapper à la domination de ses tendances égoïstes et de contrôler, d'orienter ses pensées, ses sentiments, ses désirs, est sur le chemin de la royauté. Il inspire le respect à tous ceux qui l'approchent, car il a non seulement le pouvoir mais aussi l'autorité [11] ».

Dès qu'on entre dans notre chambre, je sépare les lits jumeaux. Toujours dans le silence absolu, je me prépare à me doucher. L'eau ruisselle sur mon corps quand je la sens derrière moi, voilà encore quelque chose que j'ai développée. Mes sens étaient exacerbés. Je vois, entends et sens mieux.

Je continue de me laver tranquillement, elle pose ses deux mains à plat sur mon dos. Elle m'enlace, sa poitrine collée à mon dos a un effet terriblement excitant. Je me retourne et empoigne sa touffe de cheveux, j'écrase ma bouche contre la sienne. Elle se laisse faire, sans autre forme de procès je la colle aux carreaux et la pénètre. Elle étouffe un cri de douleur dans mon cou ; en silence elle subit mes assauts. Quand tout finit… que nous atteignons le plaisir malgré tout, je refuse de rencontrer son regard. Elle se nettoie, mais le premier pas qu'elle esquisse lui arrache un cri. Alors je la porte dans mes bras

---

[11] Extrait d'un enseignement spirituel.

et la pose sur le lit. Au moment de me redresser, elle me retient en pleurant.

Selma : Kader par pitié, dis quelque chose... Tu es en colère, je le sens... Mais tout ne peut pas finir comme ça !

Moi : Je veux que tu partes Selma ! Tu rentres demain par le premier bus pour Cotonou.

Selma : Je ne voulais pas te cacher ça indéfiniment ! J'avais besoin de temps, juste un peu de temps.

Moi : Malheureusement tu sais mieux que quiconque que le temps, c'est ce dont je dispose le moins ! Tu m'as caché l'existence de ma famille, tu m'as regardé me torturer l'esprit ! Et tu dis m'aimer ?!

Selma : Tu as raison, je n'ai aucune excuse... Je te demande pardon !

Moi : Je veux que tu t'en ailles !

Je me lève, m'habille et sors. Je reviendrai plus tard. Ses sanglots me poursuivent longtemps ; je ne veux pas la garder. L'acte qu'elle a posé est grave et je ne suis plus sûr d'elle malgré tout l'amour qui brûle en moi. Je n'ai plus confiance en elle. Désolé, je ne peux pas continuer... Tout s'explique maintenant dans ma tête, sa crise d'angoisse la nuit avant notre départ pour le Gourma.

Selma

Je suis désespérée ! Oh mon Dieu ! Que vais-je devenir sans Kader. Il a pris tellement de place dans ma vie. Tout le temps qu'a duré son internement dans l'abri, j'étais là. Il revivait toute sa vie ; c'était éprouvant. Il a commencé d'abord à vomir ses tripes, tout le breuvage avalé est sorti ; il fallait le déplacer et le nettoyer. Les yeux fermés, il lui arrivait de crier, de rire à gorge déployée, de dire des noms, de manifester de la colère. Mais à l'aube du quatrième jour, je lui nettoyais le visage quand il a ouvert les yeux brusquement. Il m'a reconnue et la seule chose qu'il m'a dite est : « Comment as-tu osé ?! »

J'ai su que c'était fini ! Je n'oublierai jamais ce regard implacable, accusateur, ce silence lourd entre nous.

Il faut qu'il me pardonne ! Je veux bien sortir de sa vie mais il faut qu'il me pardonne ! J'ai le cœur brisé. J'ai envie de mourir ! Je laisse libre cours à mon chagrin.

Chapitre 19 : Confrontation

Ouagadougou-Burkina Faso

Avenue Kwame-NKrumah

Etude de Maître Coulibaly, Notaire

Maître Jean Coulibaly

J'étais en pleine discussion avec les héritiers Kanaté : en effet, c'est aujourd'hui que le délai expire avant la répartition de la succession aux œuvres caritatives. Irène ma secrétaire entre dans mon bureau, elle semble un peu agitée. Elle vient me remettre un bout de papier qui me fait dresser le peu de cheveux que j'ai encore sur la tête.

Moi : Excusez-moi... Un instant, s'il vous plaît !

Je sors au pas de charge sous le regard étonné de mes interlocuteurs. J'arrive dans la salle d'attente ; dès qu'il me voit, il se redresse et vient vers moi avec un sourire en coin. Pour une surprise, c'est une surprise ; j'en connais qui ne vont pas être contents !

Kader : Bonjour Maître !

Comme toujours regard direct, poignée de main ferme et franche. Il porte un costume sur mesure, il a un peu blanchi, le visage marqué mais c'est vraiment Kader Diaby Sidibé que j'ai devant moi.

Moi : Bonjour jeune homme ! Vous revoilà enfin !

Kader : Oui ! Je suis content de vous revoir ! Je suppose que mes oncles sont ici ?

Moi : Euh !

Kader : C'est parfait... Ne les faisons pas attendre, cher Maître !

Je me retrouve alors à avancer ; en plus de vingt ans de carrière, j'ai vu des choses, beaucoup de choses mais la succession de mon mentor Ousmane Kanaté est de loin l'affaire la plus difficile que j'aie jamais gérée.

Dès qu'ils nous voient entrer, le premier à se dresser comme un ressort est Kôrô Issa.

KI : D'où il sort celui-là ?!

Kader (*imperturbable*) : Bonjour Tonton... Je suis ravi de te revoir après tout ce temps ! Tonton Bakary, Tonton Madou.

KI : Epargne-moi tes salamalecs... Espèce de petit arriviste... Toi, Jean ! Donc tu fomentes des coups dans notre dos ! Combien ce petit morveux t'a promis ?!

Moi (*froidement*) : Je ne vois pas du tout de quoi tu parles, Kôrô... Je te prierai de savoir raison garder ! Je suis aussi surpris que vous de l'apparition de votre neveu !

Bakary : Qu'est-ce qui nous prouve que c'est vraiment toi ? Aux dernières nouvelles tu serais fou, ou mort ?

KI : Exactement !

Kader : La preuve de mon identité ne sera pas un problème, chers oncles. Seulement, le délai de grand-père expire aujourd'hui ! J'ai étudié la question sous tous les angles ! Vous n'avez pas le choix : ou vous composez avec moi ou vous perdez tout. Au fond, ma mère et moi avons vécu loin de tout ça. Ceci pour vous dire que je n'ai strictement... mais strictement rien à perdre !

Madou : En gros, l'argent ne t'intéresserait pas... Mais pourquoi es-tu là ?!

Kader (*sèchement*) : Réaliser la volonté de mon grand-père !

Il se redresse de toute sa hauteur, les mains dans les poches, droit dans ses bottes et les observe l'un après l'autre.

Bakary : Je compose avec toi !

Madou : Je compose avec toi

Tous les regards se tournent vers l'aîné, la colère et la hargne se sentent dans son attitude.

KI (*crachant les mots*) : C'est d'accord.

Kader : Maître tout le monde est d'accord... Nous procédons comment ?

Moi : Donnez-moi une minute, s'il vous plaît.

Kader

Je suis face à eux et je ne ressens ni haine, ni colère, juste une volonté implacable de faire respecter la mémoire de mon grand-père. Il m'a choisi et j'en suis désormais le garant.

De par mon séjour chez Kompoh, je suis mort et je suis revenu. Plus jamais ils ne pourront rien contre moi ! Je suis le guide, l'élu, le Toro-Gbaitigui.

Quand on a vu ce que j'ai vu pendant mon initiation, des pans entiers de ma vie sont une farce. Mais ce n'est pas encore l'heure des comptes. J'ai déjà réglé le cas de Selma ; à l'heure où je parle, son avion doit avoir atterri à Cotonou.

Ne me regardez pas de travers ! Vous auriez fait quoi à ma place ?

Flash-back ce matin

Je suis revenu à l'aube sur les coups de 06h30, elle ne dormait pas. Elle avait arrêté de pleurer, nous échangeons un long regard sans prononcer un mot.

Au bout d'un moment, elle se lève et commence à ranger ses affaires. Je ne bronche pas, je n'ai jamais retenu aucune femme de ma vie de toute façon. Je ne vais pas commencer avec une qui me ment sur des sujets graves !

Une fois ses valises bouclées, elle passe dans la salle d'eau : certainement pour se laver. Moi je m'installe sur le lit que j'ai choisi… J'ai fini par m'endormir… Je crois… C'est une conversation téléphonique qui me réveille.

Selma : Je suis prête… Je devrais trouver.

….

Selma : Ok… Non je prends l'avion… Je n'ai pas la force de prendre le bus.

….

Selma : Ok… A tout à l'heure alors.

Je m'assois lentement sur mon séant. Elle a enfilé un jean et un chemisier. Ses cheveux relâchés forment un halo autour de son visage. Elle n'est pas en forme et ça se voit qu'elle fait des efforts pour ne pas éclater en sanglots.

Moi : Lucien viendra te chercher.

Selma : Ok… J'ai décidé de prendre l'avion.

Moi : Ok.

Au même moment mon téléphone sonne et c'est Lucien. Nous sortons tous les deux de la chambre. Elle explique d'une voix monocorde qu'elle prendrait l'avion.

Lucien : La Fouine m'a appelé.

Il l'aide à ranger ses affaires dans la « Limousine ». Elle reste le buste droit et regarde droit devant elle. Lucien se dirige vers moi pour me serrer la main :

Lucien (*chuchotant*) : Djo, tu es sûr de toi ?

Moi : Oui !

Lucien : Ok…

Il hausse les épaules d'un geste fataliste et murmure des paroles en moré*****

Fin du flash-back

Je reporte mon attention sur mes oncles ; l'air de rien, j'enfonce le clou :

Moi : Il est dans votre intérêt que je sois sain et sauf mes chers oncles, vous savez… pour accéder au liquide laissé par grand-père et aux sociétés qui reviennent à la famille.

Kôrô Issa

J'enrage à chaque fois que ce petit morveux dit grand-père parlant de mon père !!! Quelqu'un que tu ne connais ni d'Eve ni d'Adam, pauvre imbécile… La haine m'étouffe.

Moi : Qu'on finisse avec cette mascarade et qu'on sache à quoi s'en tenir !

Kader : Moi, ça me va !

Madou et Bakary : Nous aussi.

Moi : Petit, j'espère que tu ne commettras jamais l'erreur de me tourner le dos ! Tu pourrais avoir des surprises.

Kader (*souriant*) : Tonton tu ne me fais pas peur... Qu'il soit clair, je ne veux pas la guerre mais quiconque s'en prendra à moi... à nouveau, verra les conséquences presque immédiatement. Ce ne sont pas des menaces mais vous êtes avertis !!

Chapitre 20 : Cœur brisé

Sous d'autres cieux

*** Aéroport Bernardin Cardinal Gantin – Cotonou, Bénin***

Timmy La Fouine

L'avion de Selma vient d'atterrir, je me prépare psychologiquement à la ramasser à la petite cuillère : la rupture avec Kader l'a dévastée.

Vingt minutes après elle sort, de grosses lunettes posées sur son nez. Elle court vers moi et je lui ouvre les bras. De gros sanglots la secouent. Je la laisse faire, elle en a bien besoin. Nous restons là et les gens nous dévisagent ; moi, je m'en fous royalement. Quand je la sens se calmer, je desserre ses bras de mon cou et la prends par la main. Je récupère le seul bagage qu'elle a en plus de son sac à main.

Je prends la route de chez elle mais quand on arrive devant la vieille bâtisse, elle refuse de descendre.

Selma : C'est au-dessus de mes forces, Timmy !

Tim : Hum

Selma : Cette maison... Il est partout... Je vais devenir folle si j'y reste ! Non, dépose-moi chez mes parents.

Tim : Tu es sûre ? Ils vont tout découvrir !

Selma : Hum... je crois qu'il est temps.

Quarante-cinq minutes plus tard

« Tu plaisantes j'espère ! Tu n'as pas pu nous cacher quelque chose d'aussi énorme ! »

C'est le père de Selma qui vient d'exploser, pour un homme pas très causant, je vous assure, c'est flippant.

Maman Adesua : Darling tou vois qu'elle est traumatisée la pauvre !

Papa (*intransigeant*) : Ne me sors même pas cette carte-là ! Elle a fait ses choix comme l'adulte qu'elle est... alors il faudra qu'elle les assume !

Moi : Papa…

Papa : Moi j'en ai fini ! Ah lala… il ne faut pas prendre les enfants du Bon Dieu pour des canards sauvages ! Bon sang !

Il claque la porte.

MA : Sorry pupuce, ne t'en formalise pas ; il va se calmer.

Selma : ….

Tim : Je crois que maman a raison… Il va se calmer, c'est juste le choc.

Selma : Maman… Je voudrais rester ici… Je n'ai pas la force de rentrer chez moi… Trop de souvenirs.

MA : Tou es chez toi ici mon cœur… Ok ?

Selma : Hum !

Des larmes coulent encore sur son visage, à ce rythme elle va se vider ! Je reste encore quelques minutes avant de me retirer. Je promets de repasser demain.

Quelques jours plus tard

*** Chez les parents de Selma – Cadjèhoun – Cotonou, Bénin***

Maman Adesua

Moi : Chéri, ce que tou fais n'est pas bien ! De tous tes enfants, Selma est celle qui crée le moins de problèmes. C'est elle qui a à cœur ton bonheur.

Michel : Adesua, s'il te plaît ! Ne commence pas !

Moi : Moi je ne veux pas de disputes avec toi, je veux que tou fais ce qui est juste. Et puis tou sais, ça fait deux semaines que tou ignores ta fille, ce n'est pas bien !

Michel : Adesua…

Moi : Fâche-toi contre nous deux ! Moi ici Adesua, j'ai encouragé Selma dans cette relation ! Donc on est deux dans cette maison à qui tou ne vas plus parler… Non sense !

Je sors de là fâchée, les hommes quoi pff...On dit que l'enfant souffre, depress. Au lieu de la colère, ce n'est pas maintenant que tou vas le tirer vers toi ? Moi je suis du côté de ma fille en tout cas et toute cette histoire va se tasser, j'ai déjà mis en prière. Jeudi prochain, je retourne au Saint sacrement ; le Seigneur fera son œuvre, je souis confiante.

J'aperçois Selma dans le jardin devant le pied de rose que Kader m'avait offert et que j'ai repiqué. Je ne sais pas si elle m'a entendu arriver mais elle tourne un regard embué vers moi.

Selma : Maman... Tu crois... Hum... Tu crois que l'amour se transforme en haine en un instant ?

Moi : Non sweety, l'amour pardonne tout et accepte tout.

Selma : Donc il ne m'aimait pas !

Moi : Si... Pour le moment, il est juste en colère...

Selma : Maman, j'ai trop mal, tu sais ! J'aurais aimé qu'il m'engueule au lieu de cette colère froide. Il n'a pas voulu qu'on s'explique... Il n'a pas voulu m'écouter... Moi je lui aurais pardonné, maman !

Moi : Chacun réagit comme il peut... Tou as commis un acte grave... alors qu'il avait confiance... Tou comprends ? Donne-lui du temps !

Selma : Il y a des jours où je me dis que c'est un cauchemar... Que je vais me réveiller dans ses bras... Je voulais juste gagner du temps, profiter un peu de sa présence...

Moi : Viens mon bébé, ne pleure plus ! Chuuuut ! Ça va aller !

Sous d'autres cieux

Eaubonne – Ile-de France, France

Chez les Sidibé

Marlène

Je ne comprends pas ce que Booba me dit, c'est juste impossible. On est dans l'atelier de Kader.

Booba : Arrête de tourner en rond ! Tu me donnes le vertige !

Moi (*hystérique*) : ça n'est pas possible ! Tu m'as dit qu'il était mort non ?!

Booba : J'ai dit porté disparu !

Moi : Merde, c'est la même chose ! Il était censé disparaître... Tu sais... Ne plus revenir !

Booba : Calme-toi ! Il faut qu'on réfléchisse au calme. Pour l'instant, on ne peut rien faire d'autre qu'attendre !

Moi : Lol ! Ça se voit que ce n'est pas sur toi qu'il pose ses grosses mains rugueuses ! Un villageois !

Booba : Qui te payaient la belle vie quand-même !

Moi : Arrête ton cynisme ! Il te faisait aussi des chèques pour un travail que tu ne faisais pas ! Alors s'il te plaît !

Booba : Tchroum !

Moi : La vieille folle est informée ?

Booba : Je n'en sais rien ! Il m'a appelé et demandé de vous conduire à Ouagadougou, les enfants et toi. Sans rien leur dire.

Moi : Comme toujours, toi tu accours et obéis comme un gentil toutou. Tss ! Je suis maudite de traîner avec des mecs comme ça !

Avant que je ne réalise, Booba m'avait attrapée. Il me pousse dans le canapé et tire d'un geste sec sur mon string. Il m'embrasse à pleine bouche pour étouffer mes protestations, sa main se pose sur mon intimité qu'il commence à masser. Je me mets à mouiller abondamment ; sans autre forme de procès, il entre en moi et commence à me labourer. Le plaisir monte rapidement et je m'accroche à lui. Ce n'est pas plus mal car apprendre que je ne suis plus veuve m'a chamboulée et fait monter l'adrénaline. De toute façon, c'est un amant fabuleux, rien à voir avec Kader qui me traitait comme de la porcelaine.

Je remets de l'ordre dans ma tenue rapidement et monte les marches qui desservent l'atelier. Je tombe nez à nez avec la vieille chouette qui me regarde longuement. Comme si elle me transperçait, elle continue ensuite son chemin vers la buanderie.

Oiseau de mauvais augure va ! Tu es vaincue vieille chouette ! J'espère que Booba remontera vite aussi.

Booba

Vous enlevez vos bouches de sorcières sur moi hein ! J'ai d'autres chats à fouetter. Kôrô m'a sommé de trouver le fameux document en possession de Kader. Maintenant qu'il est vivant, il faut faire vite ! Ce type est une mauvaise graine, il était censé mourir ! Et pas autre chose ! Mais, je trouverai le moyen de le renvoyer d'où il vient, sans crainte. Ce n'est qu'une question de temps !

Chapitre 21 : Le parchemin.

Sous d'autres cieux

Villa Oasis – Quartier Wemtenga – Ouagadougou, Burkina Faso

Kader

Je me réveille en sursaut. Comme depuis le départ de Selma, je n'ai plus de répit. Je ressens avec acuité sa souffrance, parfois je l'entends pleurer... Ne me demandez pas comment... Parfois je suis dépassé par mes propres aptitudes. J'ai parlé avec sa mère, nous avons discuté de façon courtoise. Elle a plaidé pour Selma, je n'ai rien promis mais j'ai compris. Avec Tim par contre, c'était plus chaud ! Il m'a traité d'ingrat et de pauvre con.

J'ai également vu autre chose... Plus pénible et douloureux. Mais que voulez-vous ? C'est la vie ! Les choses se règleront en temps et en heure.

Je me redresse péniblement sur le fauteuil en cuir dans lequel je me suis assoupi. C'est la maison de ma grand-mère Sanata, celle qui revient d'office à ma mère... C'est une belle propriété qui porte bien son nom. J'ai dû l'arracher à tonton Madou qui voulait y installer sa nouvelle épouse de 25 ans. N'importe quoi ! L'architecture est simple et fonctionnelle, la décoration sobre même s'il y a plein d'objets de valeur. Ici, dès qu'on entre, on est coupé des bruits du quartier. Il y a un très beau jardin, avec ça et là des arbres fruitiers. Presqu'au fond de la propriété, il y a trois dépendances meublées.

C'est le notaire qui m'en a remis les clés. Je me suis donc installé ici. J'ai négocié avec Loubna qui vient faire le ménage et me préparer à manger. Je n'ai plus le temps pour rien, trop de choses à ordonner et décider. Sans compter mes oncles et très nombreux cousins qui veulent ma tête.

Hum dans quelques semaines, je vais revoir mes enfants. Je ne sais pas encore quelle sera leur réaction mais j'espère de tout cœur que tout ira au mieux. J'ai encore quelques jours pour sécuriser leur venue.

Mon téléphone sonne, c'est Lucien. On est resté amis et il m'accompagne dans toutes mes démarches. Comme toujours, il est d'une grande efficacité.

Moi : Allô mon frère ? Comment ça va ?

Lucien : Ça va un peu ! Et chez toi ?

Lucien, je ne m'habitue pas à certaines de ses expressions qui sont typiquement liées au Burkina.

Moi : Ok… Moi, je vais bien ; je suis à la maison en ce moment.

Pendant que nous parlons gaiement, je me dirige vers la chambre qu'occupait mon grand-père quand il était de passage dans la villa. C'est là que j'ai pris mes quartiers ; j'avais besoin de m'imprégner de sa présence, un homme extraordinaire que je n'ai pas connu. Je me dirige vers le meuble au fond de la pièce où est posé un vide-poche. Par habitude, comme chez Selma, je dépose mon portefeuille, ma montre. Je continue de parler avec Lucien.

Lucien : Je viens te chercher pour qu'on mange un poulet bicyclette et tuer quelques bouteilles de bières-là !

J'éclate de rire. A un moment, je m'assois sur le meuble et pose ma main sur le rebord ; par inadvertance mes doigts frôlent les rebords et j'entends comme un clic, un tiroir à deux battants s'ouvre sur le côté du meuble.

Moi (*surpris*) : Ce n'est pas possible !

Lucien : Si c'est possible, il faut juste que tu dises oui.

Moi : Euh Lucien, excuse-moi s'il te plaît, il faut que je raccroche. Je te rappelle un peu plus tard.

Sans attendre sa réponse, je raccroche et m'accroupis précipitamment. Je ne rêve pas, il y a bien deux battants. Je repasse ma main sur le mécanisme et les battants se referment. Alors j'éclate de rire, j'adore mon grand-père ! Il est d'une ingéniosité incroyable, ce meuble je le connais parfaitement… Pour avoir travaillé dessus… Oui ! Je l'ai intégralement restauré !

J'enlève le vide-poche, la lanterne et les quelques objets qui étaient posé dessus, puis ôte la nappe qui jusqu'ici le recouvrait. Oui, c'est bien le meuble qui m'a été envoyé il y cinq ans exactement. Le bois était ancien et conçu selon les anciennes techniques. J'ai dû me documenter sur les différents artisans qui pouvaient l'avoir créé. J'en étais venu à comprendre que c'était les laobés, un peuple auquel appartenait mon père. J'ai mis huit mois à le restaurer parfaitement. C'est à ce moment également que j'ai ressenti l'appel du pays !

Mon grand-père est, ni plus ni moins, l'homme qui était entré en contact avec moi. Je ne le connaissais pas mais on se parlait quasiment tous les jours, tout le temps qu'a duré la restauration. On parlait de tout et de rien : la vie, les femmes, l'argent, les valeurs. J'avais une certaine facilité à lui confier ce qui me tourmentait, mes rêves. Je l'appelais mon Gôrôthiè[12], peut-être parce que je n'avais aucune figure paternelle et lui m'a toujours appelé Toro-Gbaitigui ou Sira-Gbaitigui... Je n'ai jamais compris pourquoi d'ailleurs !

A la fin de notre collaboration, j'ai refusé de prendre la main d'œuvre, j'ai juste demandé les frais d'envoi vers le port d'Abidjan. Il n'a rien dit mais j'ai reçu un retour un gros chèque. Puis plus rien, comme s'il n'avait jamais existé. Je n'ai pas cherché plus avant.

Je me baisse au niveau du meuble ; à l'intérieur il y a de l'argent, des bijoux en or massif, des trousseaux de clés, des documents et du papier ancien roulé comme un parchemin. J'ai les mains tremblantes. Mes tempes battent comme si tout le sang de mon corps refluait à ce niveau. Je m'assois en tailleur, à même le tapis qui recouvre le sol. Je déroule le parchemin.

« Tu y es arrivé jeune homme ce n'est pas trop tôt ! Ici, j'ai mis mes volontés. Les sociétés restent indivises, rien ne pourra être vendu, séparé ou cédé. Le tout sera géré par un consortium dont tu prendras la tête, toi Kader Diaby Sidibé, fils de Dramane Sidibé et de ma fille Zouhératou Bah. Comme je l'ai dit dans la première partie de mon testament, les terres ont été réparties en fonction de chaque lit, les maisons également, sauf celle de Ouaga 2000 qui reste la maison de toute ma descendance. Tu veilleras à ce que chaque enfant soit scolarisé ou formé aussi bien à l'école du blanc qu'à l'école coranique afin qu'il acquière le savoir, les valeurs et la crainte de Dieu car l'enfant est le père de l'homme.

Ta charge est lourde car désormais chaque enfant de la communauté est le tien. Tu en as la responsabilité ; tu devras penser communauté, famille avant toi-même, tes intérêts et ceux de ta famille nucléaire.

---

[12] Grand-père en langue dioula.

Tu trouveras ici tous les documents administratifs, juridiques, tous les accès. Tu auras des informations sur mes alliances et mes interférences politiques. Une fois que tu auras pris tes fonctions, des hommes puissants viendront à toi de tous horizons. Ne sois pas effrayé. Apprends, écoute et décide. Tu es le Toro-Gbaitigui, n'oublies pas ; tu devras rassembler !

Ce document a été rédigé en toute lucidité et en possession de toutes mes facultés ».

Je dépose le document et m'adosse au mur, je suis toujours assis mais j'ai la tête qui tourne. Je comprends pourquoi il y a tant de haine envers ma personne. Il n'est pas question que d'argent, il est question de pouvoir... de beaucoup de pouvoir ! Au-delà de tout ce que je pouvais imaginer !

Chapitre 22 : Mise au point

*** Chez les parents de Selma – Cadjèhoun – Cotonou, Bénin***

Michel Koukoui

L'ambiance à la maison est vraiment pourrie, on dirait que je ne suis plus le bienvenu chez moi. Mon épouse et ma fille arrêtent de parler dès que j'arrive : Selma se retire dans sa chambre et Adesua plonge ou dans la télévision ou dans le magazine Amina.

Hum ! En gros c'est la grève, même dans la chambre c'est la grève. Tout ça parce que je dis à l'autre écervelée d'assumer ses actes !

Aujourd'hui tout ça va finir, j'intercepte Selma qui filait.

Moi (*autoritaire*) : Toi, tu reviens t'asseoir !

Selma avance à petits pas et revient s'installer dans le fauteuil qu'elle vient de quitter.

- Chérie, il y a Raoul et Joseph qui viennent manger ce samedi à la maison. Tu pourrais nous faire ton Pepper soup-là ?

Adesua : Je ne sais pas Michel... Ce n'est pas préparer le problème...

Donc affaire de chéri, de Boo, c'est fini dans la bouche de mon épouse. Aujourd'hui c'est du Michel sec.

Moi : Tu peux m'expliquer s'il te plaît ?

Adesua : ...

Moi (*explosant*) : On est où là ? Que je sache, je suis encore chez moi et je suis ton époux ! Ta fille fait une connerie et je ne suis pas en droit de me fâcher ?!

Selma : Papa, excuse-moi je vais me retirer !

Moi : Tu vas où ? Ce n'est pas toi qui es venue mettre le bordel dans mon foyer ? Tu restes ! Adesua, c'est comme ça maintenant ? Tu prends parti pour Selma !

Adesua : Michel, on est les parents de Selma. L'enfant est malheureuse et tou augmentes ça en te fâchant ! Je n'ai pas dit qu'elle s'est bien comportée mais toi aussi !

Moi : Donc je ne peux plus parler dans cette maison, je ne peux plus dire que je ne suis pas d'accord !

Adesua : Michel ! Je peux comprendre ta position. Tou vois qu'elle est assez punie. S'il te plaît mon chéri, tou sais que je n'aime pas te faire les histoires mais Selma c'est ton bébé ! Tou laisses la colère envahir ton cœur ! Je ne prends pas parti, j'essaye de jouer notre rôle à tous les deux en attendant que tou sois moins fâché. Toutes ces tensions me rendent triste et je ne pourrai être l'hôtesse souriante que tou veux que je sois quand tes amis vont venir !

Je savais qu'elle n'avait pas entièrement tort. Mais je ressens un mélange de choses : de la colère quand je pense que Selma a pu me cacher des choses aussi graves ! Envahi de peur quand je pense que ça aurait pu mal tourner et triste quand je pense que je n'arrive pas non plus à l'empêcher de souffrir... Je m'en veux de n'avoir pas vu clair dans son Kader-là ! Un cœur de père est un tout et je crois que l'engagement que nous prenons quand nos enfants naissent, c'est de les protéger de tout.

Moi : Selma, viens ici !!

Ma fille avance vers moi, un peu craintive à son regard, et se met à genoux devant moi. Je sens alors quelque chose tourner en moi, une grosse déferlante d'amour envahir mon cœur et mon corps. Je l'attire et elle se serre fort contre moi et commence à pleurer.

- Chuuut c'est fini chérie ! Tout va bien !

Ces mêmes mots, je les ai toujours eus pour elle, toutes les fois où gamine, elle était effrayée par les gros orages.

- A l'avenir, je voudrais savoir ce qui se passe dans ta vie ! On a toujours été proches et même si c'est dur, je veux être là ! Ne me fais plus échouer dans mon rôle, ma puce !

Selma : Oui Pa !

Je lève les yeux vers ma Ade, je lui tends la main et elle vient nous rejoindre. Elle a tenu bon alors que je déraisonnais. Je bénis le ciel d'avoir quelqu'un comme ça dans ma vie.

Selma

C'était vraiment bon que papa me reparle. Le froid entre nous a quand même duré un mois. Tout ce temps, je suis restée ici dans cette maison ; un mois que Kader m'a virée de sa vie, un mois que je suis incapable de faire quoi que ce soit par moi-même. Le congé maladie que j'ai pris au boulot est presque fini. Le jour ça va encore, j'essaie de m'occuper mais les nuits sont terribles pour moi. Dès que je ferme les yeux, il est là Kader ; j'entends sa voix me susurrer des mots d'amour, je sens son odeur, je sens ses mains se poser sur moi. Je crois que je deviens folle !

La sonnerie de mon téléphone vient me sortir de ma rêverie. Je prends l'appareil, le numéro de ma mère s'affiche… Pas Maman Adesua… L'autre…Maman Vera…

Moi : Allô ?

Maman : Comment vas-tu ?

Moi : Je vais bien merci maman, et toi ?

Maman : Moi ça va, un peu contrariée… Alexander avait promis baptiser son dernier Yacht de mon prénom ; depuis il tergiverse et ça m'irrite. Ah la-la ces hommes ! Ils pensent que c'est en m'offrant le bracelet en diamant que je lui ai demandé que je lui pardonnerai…

J'écoute ma mère me raconter ses déboires, sa vie luxueuse sans broncher. A quoi bon ? J'ai l'habitude depuis des années.

Moi : Ok… Je vois.

Maman : Chérie, tu trouves que j'exagère ?

Moi : Non maman.

Maman : Toi tu as l'air trop bizarre, je crois que c'est pour ça que ton frère voulait que je t'appelle. Ah oui, ça m'était sorti de la tête !

Moi : ça va maman, t'inquiète.

Maman : J'espère que tu ne te morfonds pas pour un homme hein ! Un de perdu dix de trouvé, il faut que tu vives et que tu avances… Sans compter que pleurer donne des rides, je trouve que c'est trop cher payé pour un couillon qui se met debout pour faire pipi !

Moi : Euh...

Maman : Crois-moi ! Dieu sait que j'ai de l'expérience.

Ah ça, maman en est à son troisième mariage donc...

Moi : Ok maman... Mais...

Maman : Pas de mais qui tienne... Je veux que tu te prennes en main. Dans la semaine, je t'enverrai plein de trucs assez sympas pour te relooker... Tu verras c'est radical !

Moi (*épuisée*) : Ok !

Je raccroche complètement lessivée. Ma mère est un cas à part quoi. Je suis sûre qu'elle est convaincue que le shopping guérit même le palu ! Elle a toujours eu des hommes pour la gâter et la choyer. Jamais aucun mal à s'engager, pareil pour ma sœur tandis que moi ?! Hum... ils viennent faire leur démo et s'en vont.

Toc toc toc !

- oui ?

La porte s'ouvre sur maman Adesua, je lui fais un grand sourire.

MA : Évite de me faire tes sourires qui n'atteignent pas tes yeux-là !

Moi : Lol.

MA : Toi ça va ? Tou m'as l'air pensive...

Moi : Je viens de parler à maman.

MA : Je vois.

Je lui raconte un peu l'étrange échange. Elle rit avant de reprendre d'un air sérieux.

- Pour une fois je souis d'accord avec elle. Tou ne vas pas arrêter de vivre, sweety !

Moi : Mais j'ai du mal à oublier !

MA : Personne ne te demande d'oublier ! On voudrait juste que tou n'arrêtes pas de vivre ! Déjà il faut que tou retournes travailler, que tou sortes, ça va te faire du bien !

Moi : Hum... Ok

MA : Il faut que tou avances, ton challenge c'est un jour à la fois. Ne te projette pas ! Tou pourras rester ici tant que tou veux ; tou le sais ça !

Moi : C'est compris maman !

Elle me serre les mains. Nous devisons un peu et elle me raconte que mon père a informé mes frère et sœur de mon état sans entrer dans les détails. C'est probablement pourquoi maman est au courant. Nous formons une étrange famille, n'est-ce pas ? Pourtant nous nous aimons, ça à l'air d'être deux camps mais moi, je n'ai aucun mal à m'y retrouver. Je prends chacun tel qu'il est et je l'aime comme il est. Du coup, ils m'ont surnommée Trait d'union.

Chapitre 23 : L'annonce

Trois mois plus tard

Sous d'autres cieux

Eaubonne – Ile de France, France

Zouhératou Bah

Quand Booba est venu me parler du voyage sur le Burkina Faso, je savais déjà de quoi il retournait : Kader était de retour. Depuis quelques temps, j'ai remarqué un jeu pas clair entre ma bru et Booba. Mais je m'en fous, mon fils saura gérer cette situation. Le plus important est que mes petits-enfants retrouvent leur père. Pour elle, ce qu'elle fait de sa vie la regarde ; mais Booba qu'il lui cède… Hum.

Bref, je m'avance à petits pas vers le coin de prière aménagé dans un côté du salon. Je voudrais parler aux petits avant leur départ. Si ça se trouve, d'ici là je perdrai toute lucidité. Je n'ai pas peur de ça, j'ai fait ce que je pouvais pour préserver mon fils.

Moi : Salam anléikoum, les enfants.

Yacine : Wa anléikoum salam, Mamie

Chérifa : Salam

Moi : C'est quoi salam-là ?! On répond comme ça ?

Chérifa : Hey mamie toi aussi ! Wa anléikoum salam.

Moi : J'aime mieux ça !

- Bon… Dans un mois exactement vous vous envolerez pour le Burkina Faso.

A ces mots, ils se figent. C'est vrai que ce pays réveille en eux des souvenirs douloureux. Mais cette fois-ci, ce sera différent.

Les enfants : Pourquoi ?!

Moi (*sévère*) : Vous ne m'interrompez pas !

Les enfants : …

Moi : Donc je disais… Que vous irez au Burkina… Ne me demandez pas pourquoi, vous découvrirez sur place par vous-même ! Je sais que ces dernières années ont été difficiles pour vous mais vous avez été braves. Je ne vous le dis pas, je vous le montre rarement… Mais je vous aime… Profondément ! Vous êtes une partie de moi. Quoi qu'il arrive, je vous demande de rester unis et soudés, ne laissez rien gâcher cette belle complicité entre vous.

Yacine : Mamie… Tu vas mourir ? Chez qui nous allons au Burkina ?

Moi (*les attirant contre moi*) : Je vous aime… Dans la vie… On fait des choix qu'on pense être les bons pour protéger l'être aimé… Ils ont parfois des conséquences douloureuses mais quand on se dit que c'est pour la bonne cause, ça vaut le coup. Vous aurez certainement une belle surprise là-bas ! C'est aussi une part de vous !

Chérifa : Tu ne viens pas avec nous ?

Moi : Non… Pas encore… Pas maintenant.

Yacine : Qui nous emmène ?

Moi : Votre mère et Tonton Booba.

Yacine : Hum… Il est bizarre, tonton Booba ! Il me fait peur !

Moi : Faut pas mon grand ! Tant que tu restes près de ta sœur, rien ne vous arrivera. Veillez à ne pas être séparés… Tu m'entends bien, Chérifa ?

Chérifa : Oui, Mamie.

Mes yeux rencontrent ceux de ma petite fille. Je lui caresse tendrement la joue.

Moi : Je t'ai laissé être en colère ma puce… Parce que ça te maintenait debout et en vie. Je t'aime énormément et nous nous ressemblons beaucoup. Tu as la responsabilité de ton frère !

Je les serre fort contre moi avec toute la force de mes bras.

Un peu plus tard à la cuisine

Chérifa

J'entre dans la cuisine pour me faire un sandwich et Marlène est là. On se jauge du regard. Je commence à sortir ce dont j'ai besoin.

Marlène (*dans mon dos*) : Je suppose que tu es ravie ? On va tous se retrouver dans ce bled pourri !

Moi (*ricanant*) : C'est hallucinant quand même, ton degré d'ignorance quoi ! Hein le Burkina Faso, c'est un bled pourri tu crois ? Et puis tu ne penses pas par exemple qu'on pourrait en savoir plus sur la disparition de papa c'est-à-dire TON mari ! A moins que…

Marlène : Je ne te permets pas !

Moi : Sinon quoi ?! Je t'ai dit que le jour où tu vas te tromper et lever la main sur moi, je vais me faire le plaisir de t'arracher tes brésiliennes, tes faux cils, puis tes faux ongles !

Marlène : Espèce de petite morveuse

Moi : Elle t'emmerde, la petite morveuse !

Après je ne la calcule même plus ! Je ne sais pas comment mon père a pu ramener cette arriviste, fake de la tête jusqu'au bout des ongles ! Pff quand je pense que c'est elle la mère de Yacine quoi ! Tchiip.

Dans mon dos : « Toi tu viens de te disputer avec Marlène ».

Je me retourne pour voir Yacine se servir un jus de fruit. C'est fou comme ce petit me connaît et c'est encore plus fou la façon qu'il a de dire Marlène alors qu'il s'agit de sa mère.

Moi (le grondant) : Combien de fois t'ai-je dit que pour toi c'est maman ?!

Sans me répondre, il se contente de hausser les épaules. C'est un vieux débat entre nous, en sa présence il l'appelle maman. Mais c'est tout, parfois je me dis que c'est moi qui ai déteint sur lui ; d'autres fois je me dis que c'est elle qui n'a pas su être là pour lui.

Yacine (*changeant de sujet*) : Tu crois que Mamie va mourir ? C'est pourquoi « On » nous envoie au Burkina Faso ?

Moi : Je n'en sais rien Yass... Mais je crois que c'est lié à papa... Enfin bref, nous le saurons assez tôt.

Yacine : Hum !

Moi : Je reste confiante et tu as entendu Mamie ? Quoi qu'il arrive, nous restons ensemble ! Allez viens là !

Il se dérobe mais j'arrive à l'attraper et lui fais un câlin.

Un peu plus tard dans la soirée

Dans la chambre de Yacine

Toc toc toc !

Moi : Oui ?

Marlène entre dans ma chambre et s'assied au bord de mon lit. Comme à chaque fois, il y a un silence gêné entre nous. Je ne sais pas si cela remonte à mes années de maternelle pendant lesquelles elle m'oubliait systématiquement à l'école, ou le dégoût qu'elle affichait quand j'inondais mon lit jusqu'à mes 6 ans. Je ne sais plus... Tout est calculé chez elle, rien avoir avec Chéri qui est spontanée, une boule d'énergie... Vous me direz que c'est ma mère... Je le sais.

Marlène : Tu es occupé ?

Nous ne sommes pas proches mais je mets un point d'honneur à rester poli et courtois : Mamie le dit tout le temps le paradis se trouve sous les pieds des mères.

Moi : Non maman... Je peux t'aider ?

Marlène : Tu devrais refuser d'aller au Burkina... Toi et moi n'avons rien à y faire ! Chez nous, c'est ici !

Moi (*patient*) : C'est le pays de Mamie...et papa est mort là-bas ! Chéri pense que...

Marlène (*explosant*) : Elle pense quoi ?! Ce qu'elle pense est plus important que ce que moi ta mère je pense ?

Je me referme automatiquement, elle sait qu'elle vient de fermer la porte du dialogue. Chaque fois qu'elle s'en prend à ma sœur ou qu'elle essaye de me faire comprendre que ce n'est que ma « demi-sœur » elle sait d'avance que c'est foutu. Si je la tolère elle, Chérifa est mon pilier et mon rempart... Mon autre moi. Elle a toujours été là pour moi alors qu'elle-même n'est qu'une enfant.

- désolée mon bébé !

Moi (*détaché*) : Maman... Chérifa est ma sœur ! Vous ne nous entendez pas mais moi je n'y suis pour rien dans vos histoires.

Marlène : Oui...Oui je sais

Moi : Mamie veut que nous allions à Ouagadougou... Tu sais bien que ce sera ainsi !

Marlène : Hum !

Nous restons silencieux et elle part comme elle est venue.

Chapitre 24 : Retrouvailles (1)

Quelques jours plus tard

*** Villa Oasis – Quartier Wemtenga – Ouagadougou, Burkina Faso***

Kader

Je suis à la fois heureux et angoissé : ma famille vient aujourd'hui. C'est le jour où ma secrétaire a fait les réservations que j'ai commencé à réaliser tout ça.

Comme l'a voulu mon grand-père, j'ai pris la tête du consortium et mes bureaux sont situés sur l'Avenue Kwame Nkrumah. Le chemin n'a pas été facile pour en arriver là. Par deux fois, des gens s'en sont pris à moi, par deux fois je m'en suis sorti, miraculeusement d'ailleurs.

La première fois, ma voiture a pris feu après plusieurs tonneaux. J'étais là à observer les flammes, incapable de sortir du véhicule jusqu'à ce que des jeunes gens viennent me tirer de là ! La deuxième fois, c'était dans mon sommeil ; je traversais un village à moto, je ne sais plus lequel d'ailleurs. Je rencontre des peulhs avec leurs troupeaux. Nous allions dans des sens opposés, je dépasse le premier groupe sans aucun souci. Au moment de la rencontre avec le deuxième groupe, sans aucune raison, le chef de file, un énorme zébu aux cornes acérées se détache du groupe et charge. J'ai juste le temps de sauter de ma moto pour esquiver. Je tombe dans les herbes, je me redresse péniblement pour voir la bête arriver. Il s'engage alors un combat sans merci, c'était assez rude ! Au bout d'une éternité pour moi, je lui casse la patte arrière gauche. Je m'en sors avec un hématome sur le flanc. Lorsque je me réveille, j'avais le corps couvert de sueur et un bleu sur le côté.

Le matin je rends visite à Tonton Issa ; il paraît qu'il s'est brisé la jambe gauche. Après, ce dernier incident tout le monde est d'accord pour l'exécution du testament.

Je regarde ma montre, 6h du matin ; ils doivent avoir déjà atterri. J'ai demandé à Lucien d'aller les chercher. Il les ramènera ici à la villa, tout était fin prêt.

*** Aéroport International Thomas Sankara – Ouagadougou, Burkina Faso***

Alino aka Booba

L'avion atterrit et je ressens quand-même une petite appréhension. Je vais retrouver mon vieil ami et frère ; ça fait presque trois ans que nous ne nous sommes plus vus. Il n'a pas paru changé dans sa façon de faire, tout le temps qu'ont duré les préparatifs, on a échangé par mail. Je reste néanmoins sur mes gardes.

Moi : Rassemblons nos affaires !

Quelques minutes après, on débarque de l'avion. Après les formalités d'usage, nous voilà dans le hall. Récupérer les bagages se fait rapidement. Les enfants regardent autour d'eux curieux ; ma belle, elle tire la tronche, rien de nouveau. Normalement quelqu'un devrait venir nous chercher, j'ai vu sa photo et je connais son prénom. Je suppose que les enfants ne sont pas très bavards, parce que jusqu'ici ils ne savent pas encore qui nous venons voir !

On avance avec les autres, je vois un bonhomme costaud, noir et pas très grand, il nous a reconnus aussi puisqu'il fait de grands gestes dans notre direction. Arrivés à sa hauteur :

Moi : Bonjour, vous êtes Lucien ?

Lucien : A votre service ! Alino je suppose !

Moi : Oui mais tout le monde m'appelle Booba.

Lucien : Enchanté, Booba ! Je suppose que toi tu es Chérifa et toi Yacine... Mes hommages, madame !

Marlène : Hmm

Lucien : On embarque à bord de la « Limousine » ; vous allez adorez les enfants !

Il récupère le charriot des enfants et ouvre la marche. Les enfants le suivent spontanément avec un large sourire, oubliant leur fatigue.

Ouagadougou nous accueille et nous englobe dans sa chaleur habituelle ; les enfants ont retiré leur pull-over et sont en T-shirt.

Nous montons dans la voiture. Nous baissons les vitres car la climatisation ne marche pas.

Le cap est mis vers les beaux quartiers. La « Limousine » se faufile dans la circulation assez rapidement. De toute façon, vu l'heure, il y a assez peu de monde sur la voie. Nous arrivons devant une belle villa coquette. Lucien nous aide à descendre. Je sens Marlène se tendre comme un arc, déjà qu'elle n'a pas décroché un seul mot depuis que nous avons débarqué.

Une jeune femme vient nous accueillir à l'entrée.

- Bonjour ! Je m'appelle Loubna ! Bienvenue à la villa Oasis !

Nous : Merci !

Elle nous guide et nous traversons une cour assez grande. Il y a des parterres de fleurs et du gazon. Nous passons une porte-fenêtre et entrons dans une pièce gaie qui doit être une salle à manger.

Loubna : Je vous montre les chambres et on reviendra ici dans quelques minutes pour le petit-déjeuner. Les enfants, suivez-moi s'il vous plaît ! Lucien, tu veux bien montrer sa chambre à monsieur, s'il te plaît ? Madame, je reviens vous chercher.

Marlène (*agressive*) : Pourquoi ?

Loubna (*choquée*) : Euh...

Lucien (*intervenant*) : Ne vous inquiétez pas, on vous mènera dans votre chambre tout à l'heure, juste le temps que Loubna installe les enfants.

Marlène : Ok

Marlène

Je ne suis plus très bien depuis le jour où j'ai appris qu'« Il » est vivant. Nous arrivons dans ce pays, cette maison et je suis envahie d'un profond malaise. Jamais je n'ai voulu être ici ! Jamais ! J'entends des pas dans mon dos et je me retourne... Il est là, un peu grisonnant ; sinon Kader n'avait pas changé. On se regarde longuement... Je réalise que je suis censée montrer quand même de l'émotion. Alors je me rattrape, mes yeux se remplissent de larmes et je cours me jeter dans ses bras. On reste un moment là avant qu'il ne les referme sur moi.

Moi : Tu es bien vivant !

Kader : Oui.

Moi : Oh Dieu merci !!! Dieu merci ! Quand Booba me l'a annoncé, je n'en croyais pas mes oreilles. Il m'a dit que je devais attendre pour ne pas éveiller l'attention des enfants !

Kader : ....

Moi : Tu ne peux pas savoir combien ça a été dur sans toi ! Chérifa ! Ta mère ! Je...

Kader : Lilou... Il y a un temps pour tout !

Moi : Oui oui ! Bien-sûr ! Je parle trop... C'est l'émotion !

Kader : ...

Je me ressaisis et me détache complètement. Il fait un pas de côté et m'observe intensément... Son regard, lui, a changé. Il est plus profond, plus puissant comme s'il vous scannait. Je ressens à nouveau un profond malaise. Des pas approchent, nous nous retournons tous les deux pour voir Booba revenir avec les enfants.

Ceux-ci se figent à la vue de leur père. C'est Chérifa qui réagit la première en poussant un cri.

Chérifa : Papaaaaaaa !

Elle se jette sur lui, riant et pleurant à la fois !

- Je savais que tu étais vivant, je le savais moi !

Kader : Merci Seigneur ! Merci Seigneur !

Il tend la main vers Yacine

- Viens fils !

Yacine se jette à son cou, pleurant aussi !

Yacine : C'est bien toi ?

Kader : Oui !

Yacine : Tu n'es pas mort ?

Kader : J'y étais presque !

Ils s'embrassent et pleurent tous en même temps. Je crois que le reste du monde ne compte plus. C'est vrai que mon époux a toujours été plus proches des enfants ; un vrai papa poule, attentif à tout. C'est beaucoup plus leur pote que leur père.

Les enfants finissent par se détacher de lui. Il se redresse et ouvre les bras à Booba.

Booba : Diaby !

Kader : Booba !

Booba : Vieux frère !

Ils se jettent dans les bras l'un de l'autre. C'est vrai que ces deux-là se sont toujours entendus comme larrons en foire. Comme s'ils étaient le prolongement l'un de l'autre. Je repère la jeune gouvernante et me dirige vers elle. L'ambiance était un peu trop lourde pour moi ici.

Chérifa

Du haut de mes 18 ans, j'essaye de dépasser tout ce qui afflue en moi... de pas très positif. Je ne veux pas m'emballer mais j'ai des questions, beaucoup de questions. Je sens également que nous devrions trouver un moment pour pouvoir discuter. La journée était vite passée probablement à cause de la charge émotionnelle.

J'ai observé un peu Marlène depuis quelques heures que nous sommes là : elle a eu le temps de passer par toutes les étapes. Lol, à l'heure actuelle elle joue les amoureuses ; je crois qu'elle vient de comprendre que Papa a encore plus de sous.

Papa a vieilli même s'il est toujours le même. C'est drôle de le voir avec un peu de gris dans les cheveux et la moustache. Il est assis dans un fauteuil ; on avait fini de dîner, tata Loubna venait de lui servir un digestif. Je me dirige à petits pas vers lui et m'installe sur ses cuisses comme quand je n'étais encore qu'une enfant.

Moi : Ça va, papa ?

Papa : Oui Trésor et toi ? Raconte-moi un peu... Tu en es où ?

Moi : J'ai demandé une orientation en graphisme.

Je me mets à lui expliquer un peu tout ce que j'avais fait jusqu'ici, y compris mon mini stage en entreprise. Les collègues, mes projets, mes réalisations. Bon pas forcément dans cet ordre-là.

- Je n'ai pas voulu faire de longues études. Je viens tout juste de décrocher juste passé mon bac professionnel.

Papa : et la danse ?

Moi : ...

Il passe sa main dans mes cheveux et me soulève le menton. Il rencontre mon regard embué.

- Je n'avais pas la force de le faire... Tu n'étais plus là... Je n'y arrivais plus ! Il fallait faire aussi quelque chose de tangible pour m'insérer rapidement.

Papa (*ému*) : Pardon mon amour... Je suis profondément désolé de n'avoir pas été là !

Moi : Mais que s'est-il passé papa ? Pourquoi on t'a déclaré mort ? Où étais-tu ? Pourquoi tu ne nous as pas cherchés ?

Papa : Je ne savais plus qui j'étais, je n'avais plus aucun souvenir... Je me suis retrouvé loin du Burkina Faso... Tu viens à peine d'arriver... Tu auras le temps de comprendre... Je vous expliquerai tout !

Moi : Ok papa... Mais je savais que tu n'étais pas mort... Je te demande pardon de t'avoir boudé avant ton départ... Quand tu as disparu, j'aurais bien voulu remonter le temps pour me rattraper.

Papa : Ce n'est rien, chérie.

Se tournant vers Yacine, il lui passe la main sur la tête.

- Et toi champion ? J'ai appris que tu as explosé les scores en mathématiques et que tu as rapporté le trophée à ton collège pour la deuxième année successive ?

Yacine : Comment tu sais ça ? De ton tombeau ? Si tu as pu avoir de telles informations, ça veut dire que tu aurais dû être avec nous... Au lieu de nous laisser avec des...

Mon frère fixe tonton Booba longuement, avec colère, de toute évidence il lui reproche quelque chose mais il est également clair qu'il tient papa pour responsable.

- des étrangers.

Avant qu'on ne réalise, il quitte le séjour en claquant la porte. Je reste bouche bée... Mais quelle mouche le pique ?! C'est la première fois de ma vie que je le vois faire une sortie aussi théâtrale !

Moi : Yacine ?!!!

Papa (*d'un ton apaisant*) : Laisse-le s'il te plaît... Il grandit et les caractères s'affirment !

Tonton Booba : C'est vrai... Laisse-le, il fait enfin sa crise tardive... Mais il faudra éclaircir les choses hein Diaby... Il ne peut pas se comporter comme ça devant la grande famille hein ! Ici on est en Afrique dèh !

Papa ne répond rien et fait un grand sourire. On continue de parler à bâtons rompus. A un moment donné, je me déplace et je descends des cuisses de mon père. Mais, je ne vais pas loin. L'attitude de mon « petit » me tracasse. On verra clair.

Booba

Le comportement du petit morveux-là commence sérieusement à me taper sur le système. Depuis quelques temps, il a commencé à se montrer agressif avec moi, incorrect, faisant des allusions sur ma personne. Il a également le chic d'apparaître là où il ne faut pas.

Je ne sais pas s'il sait pour sa mère et moi... Bref, je l'ai à l'œil et s'il devient dangereux pour moi, je n'aurai pas d'autre choix que d'en finir. Pff !

Diaby : C'est le comportement de Yacine qui t'agace à ce point ou bien il y a autre chose ?

Moi : Oh non ! Juste que je pense qu'il ne faut pas tout leur passer. Les enfants d'aujourd'hui exagèrent !

Chérifa (*ironique*) : Tu as combien d'enfants déjà tonton ?

Moi : Euh… Je n'en ai pas les miens propres… mais n'oublie pas que je vous ai vu grandir.

Chérifa : Hum hum ! Je vous prie de m'excuser s'il vous plaît !

Voilà une autre, petite garce comme ça ; parce qu'elle a découvert la couleur d'un pénis, elle ne respecte plus personne. Elle ne perd rien pour attendre, j'aurais peut-être dû la sauter ! Ça lui aurait appris le respect des hommes… Les vrais.

Je me reprends lorsque je sens le regard de Kader sur moi. Nos yeux se rencontrent et je sens comme de la crainte m'envahir. Il a quelque chose de changé, son regard à l'heure actuelle n'est ni froid, ni chaleureux mais il vous transperce ! Je sens un frisson me parcourir l'échine. Il a un truc, comme s'il avait été « préparé » comme on le dit en Afrique.

Moi : Hé Hé ! Diaby Diaby ! La petite-là a la bouche hein !

Kader (imperturbable) : C'est bien Chérifa… Il faut que j'aille me reposer… Si vous avez besoin de quelque chose, voyez avec Loubna.

Moi : Ok !

Kader : Fais comme chez toi !

Chapitre 25 : Retrouvailles (2)

Une dizaine de jours plus tard

***Chez les Sidibé – Villa Oasis – Quartier Wemtenga – Ouagadougou, Burkina Faso ***

Kader

La famille est là depuis quelques jours déjà ; tout se passe pour le mieux. Un rituel s'est installé ; le matin on prend le petit-déjeuner ensemble, les enfants prennent leurs marques avec l'aide de Lulu. Je ne leur ai toujours pas parlé. Marlène, elle, passe ses journées entre la maison et les boutiques de Kwame Nkrumah et de Ouaga 2000. Pour le moment j'observe et je ne dis rien.

La plupart du temps, je travaille ou au siège ou de mon bureau à la maison. Tout compte fait, je travaille énormément. J'en profite pour mettre en place mon business d'ébénisterie ici. J'ai également déjà été « approché » par les hommes politiques de tous horizons : français, américains, libyens, ivoiriens, maliens, guinéens, libériens et burkinabé... Ce n'est que le début ! Bref, je prends mes marques sans précipitation.

Les week-ends, tous les repas se prennent systématiquement en famille. J'essaie d'être là ; ce qui n'est pas évident.

Ce samedi matin, on était tous là autour de la table pour le repas du matin. Tout le monde, sauf Yacine. Je demande à sa sœur d'aller le chercher pour qu'on commence. Il prend son temps mais il finit par venir, complètement débraillé. Je sens la colère monter en moi mais je m'adresse à lui avec calme.

Moi : C'est comme ça que tu viens à table ?

Yacine : Je n'ai pas faim... C'est toi qui as insisté pour que je vienne...

Il me défie du regard, le silence se fait autour de la table. On pouvait entendre même les mouches volées.

Marlène : Yacine !

Yacine : Quoi ?!

Moi : Tu parles sur un autre ton à ta mère

Yacine : Sinon quoi ? Tu vas me frapper ? Tu vas jouer ton rôle de père ? Désolé mais mon père est mort !

Moi : Laissez-nous seuls s'il vous plaît !

Chérifa : Papa s'il...

Moi : Dehors !

Malgré moi j'avais haussé le ton. J'entends de la bousculade mais je n'en ai cure. La porte se referme, alors j'ouvre la bouche.

- Je t'écoute !

Yacine (*silence buté*) : ...

Moi : Quoi... Tu réalises finalement que tes couilles ne sont pas aussi grosses que tu le croyais ?! Tu me reproches des choses alors dis-les-moi en face !

Yacine : Je veux rentrer chez moi !

Moi : Chez toi c'est là où se trouve ta famille !

Yacine : Non ! Ma famille, c'est Chérifa ! Ma famille, c'est Mamie ! Tu es revenu, tout ça est remis en cause ! Tu nous as abandonnés pourtant !

Moi : Non ! Tu me connais ! Comment peux-tu le penser un instant ?

Yacine : ...

Moi : J'étais dans l'incapacité de vous prévenir.

Yacine (*amer*) : Mais tu connaissais mes résultats scolaires ! Tu nous as laissés tomber !

Moi : Fils ! Assois-toi s'il te plaît ! Une minute !

Il s'assoit sur une chaise. Je lui demande un instant d'un geste et je vais ramener une Chérifa inquiète. Quand tout le monde prend place.

- Ce que je vais vous raconter vous semblera improbable ; mais je vous demande de me croire. Il y a quelques années, j'ai fait la connaissance d'un vieil homme qui m'a passé une commande que j'ai exécutée. Je ne l'ai jamais rencontré mais on se parlait quasiment tous les jours. Le travail réalisé, je lui ai fait la livraison puis je n'ai jamais eu de suite. Tout ça sans jamais le rencontrer mais il avait réussi à réveiller un intérêt en moi : celui du retour en Afrique, la découverte de la terre de mes ancêtres, qui je suis, mon nom, le métier que je fais qui n'est pas le fruit d'un hasard. Il y un peu plus de trois ans, j'ai été contacté par un notaire me spécifiant le fait que je suis à la tête d'un héritage venant de mon grand-père maternel.

J'ai interrogé ma mère qui n'a voulu rien me dire à part que c'était un panier de crabes. Je me suis entêté parce que j'avais besoin de savoir, mais aussi parce que je voulais découvrir cette part de moi. Mon voyage au Burkina Faso n'a pas été de tout repos. J'ai été confronté à l'adversité... Je vous passe les détails. Je n'héritais pas que de biens ; j'héritais d'une famille, d'une collectivité.

Je ne mesurais pas les implications... moi qui ai reçu une éducation purement occidentale, même si je comprenais quelques bribes de dioula et que j'avais des potes africains. Hum... Je ne sais plus mais un soir je me suis couché dans la maison de mon grand-père et je me suis réveillé dans un pays que je ne connaissais pas. Sans papier, sans mémoire, sans le sou. Je n'ai retenu que deux choses : je m'appelle Kader Diaby et j'avais 40 ans.

Un jour mon chemin a rencontré celui d'une jeune femme qui m'a aidé et sorti de la rue. J'ai vécu environ huit mois avec elle. Puis j'ai commencé à avoir des flashs. En creusant un peu, je suis revenu au Burkina. Dès que ma mémoire est revenue... J'ai organisé ce voyage, votre arrivée. Il y a encore pas mal de choses que vous ignorez, les unes que je vous dirai progressivement, d'autres que vous ne saurez jamais. Tellement c'est laid ! Mais ces dernières années n'ont pas été de tout repos !

Mais le plus important à retenir pour vous est que JAMAIS je ne vous ai abandonnés ! J'ai souffert et je souffre encore autant que vous de la séparation. J'essaye là, chaque jour, à chaque instant de rattraper tout ça ! Tu es en colère Yacine ? Je le suis plus que toi ! Ce qui m'a été enlevé, personne ne me le rendra !

J'ai besoin de vous ! Pour le moment, votre maison c'est ici ! J'ai conscience de vous exposer parce que l'adversité est là, permanente et tout près ! Mais je ne pouvais plus rester loin de vous !

J'ai besoin de réapprendre avec vous à être un père patient et aimant ! Tes repères sont ébranlés ; on est tous dans la même situation. Ta grand-mère… est au Burkina… Mais nous ne pourrons pas encore la voir ! Elle est occupée.

Je ne suis peut-être pas parfait mais je vous aime ! Alors, les choses sont entre vos mains… Je n'ai pas tout choisi de ce qui nous arrive…

Yacine

Il a raison… Je suis en colère… Une grosse colère mais après tout ce qui vient d'être dit, ce sentiment est remplacé par de la gêne, de la honte. J'ai pensé un instant qu'il allait me taper dessus quand mon père a demandé aux autres de sortir.

Il ne m'avait jamais levé la main dessus pourtant… Je transpirais la peur mais également la colère.

Il se lève et vient se mettre devant moi. Les bras écartés, les yeux embués de larmes, la voix vibrante.

Papa : Je ne peux pas te rendre ce dont tu as été privé ! Ce critère qui selon toi me fonde à être ton père ou non. Mais pour moi tu restes mon fils. Tu veux décharger ta colère ? Je suis là debout, j'encaisserai. Mais je voudrais que tu me dises et me fasses les reproches en me regardant. Tu veux me taper dessus ? Viens, lève-toi ! Tu veux te battre ?

Je me lève et j'entends ma sœur souffler. Le menton droit, les lèvres serrées, les narines palpitantes j'avance.

Chérifa : Yass non !

Je m'avance à petits pas, mes yeux rivés aux siens.

Chérifa : Yass… C'est ton père !

Je continue mon chemin et je m'arrête à quelques centimètres de lui. Nos souffles se mêlent, même s'il a une bonne tête de plus que moi.

Moi (*voix tremblante*) : Au début je n'y croyais pas quand on m'a dit… Quand on m'a dit que tu étais décédé et qu'on t'avait enterré ici. Nous avons vu la vidéo de tes obsèques papa ! Puis au bout d'un an je l'ai intégré, accepté… Puis je devais aider Chérifa qui voulait tout laisser tomber, qui voulait mourir, rongée par la culpabilité. Je ne pouvais montrer ma peine à personne ! Tu m'as toujours dit qu'on était les hommes de la famille, qu'on devait prendre soin d'elles... Je n'ai pas pu faire mon deuil ! Alors j'ai essayé d'être là ! Quand on retrouve un certain équilibre tu réapparais, tu ne demandes pas notre avis, tu changes les choses. Je dois encore m'adapter ! Tu n'as pas le droit !

J'éclate en sanglots, toutes les larmes que je n'ai pas pu pleurer sortent, je tombe à genoux. Je sens les bras de mon père autour de moi.

Papa : Pardon ! Je te demande pardon !

Ma sœur nous rejoint, nous nous retrouvons à pleurer les uns dans les bras des autres. Je me sens libéré d'un énorme poids. Toute la rage et la colère qui grondaient en moi se dissolvent comme par magie.

A la fin nous ne participons plus au petit-déjeuner. Il se fait un peu tard, chacun a pris un bout de quelque chose avant de se retirer. Le trop plein d'émotion a remplacé la faim.

Un peu plus tard dans la soirée

Kader

Je me retire dans la chambre que je partage avec Marlène. Je vois vos sourcils se froncer, la chro me dit que c'est normal ; vous vous demandez ce qui se passe derrière cette porte. Bon je vous rassure... Rien pour le moment : je ne la touche pas. Il ne s'est encore rien passé entre Marlène et moi. Je crois que c'est une période de transition que nous traversons.

Je me couche sur le ventre en essayant de me détendre. J'entends la porte s'ouvrir, je sais que c'est elle.

Marlène : Tu dors ?

Moi : Tu vois bien que non.

Elle s'assoit près de moi et passe sa main sur mon dos. Automatiquement, je me crispe. Elle poursuit son geste comme si elle n'avait pas senti ma réserve.

Marlène : Il s'est passé quoi avec les enfants ce matin ?

Moi : On a parlé.

Marlène : De quoi ?

Moi (*me mettant sur le dos*) : Leur ressenti... Yacine à 11 ans est déjà meurtri... Je n'ai pas voulu ça...

Je sens sa main descendre jusqu'au bas de mon ventre alors j'attrape sa main qui essayait de se faufiler sous mon polo.

- Je ne suis pas d'humeur.

Marlène (*exaspérée*) : Tu ne l'es plus du tout apparemment ! Tu t'intéresses aux sentiments de tes enfants ; et moi, tu y penses à mes sentiments ? Je ne sais pas ce qui t'est arrivé, tout ce temps que tu es resté absent.

Moi (*m'éloignant*) : Tu es moins fragile qu'eux... Franchement, je n'ai pas envie d'en parler maintenant.

Marlène (*haussant le ton*) : Alors dis-moi, ce sera quand ?

Moi (*froidement*) : J'ai horreur des scènes ; tu ne l'as pas oublié, n'est-ce pas ?!

Marlène : Pourquoi m'as-tu fait venir ?

Moi (*la regardant droit dans les yeux*) : On est encore mariés... Tu es bien ma douce et dévouée épouse... N'est-ce pas ?

Marlène (*soutenant mon regard*) : Oui... Bien sûr, bébé.

Moi : Ok.

Chapitre 26 : Quand les masques tombent !

Ouagadougou-Burkina Faso

Marlène

Je suis dans un taxi en direction du Centre-ville ; je dois retrouver Booba dans un petit hôtel. Bientôt un mois que nous sommes là et que votre parent ne me touche pas. J'ai tout fait mais il reste de marbre. Tout ça m'énerve un peu, surtout qu'il est maintenant à la tête d'une grosse fortune. L'idéal pour moi est de rester mariée à lui et de prendre mon pied avec Booba. Comme on l'a toujours géré jusqu'ici... Enfin si ce dernier accepte. Il m'a l'air très tendu depuis quelques jours.

J'arrive à destination assez vite. Je vérifie bien que personne ne me suit. Ah on n'est jamais trop prudent ! J'arrive à la réception, c'est une sorte d'auberge. Je récupère la clé et me dirige vers la chambre. C'est la deuxième fois qu'on se retrouve ici. Je toque deux fois, j'attends une minute avant de frapper deux coups espacés. Alors seulement la porte s'ouvre sur Booba. Nous nous sautons littéralement dessus. On a maximum deux petites heures devant nous, il faut faire vite.

*** Une trentaine de minutes plus tard***

Je repose dans les bras de mon amant quand il aborde les sujets qui fâchent.

Booba : Quand est-ce que tu lui dis ?

Moi : Euh...

Booba : Lilou

Moi (*sèche*) : Ne m'appelle pas comme ça !

Booba : Il faut qu'on se montre ! Je suppose que tu es réticente parce que tu as recommencé à coucher avec lui !

Il empoigne mes brésiliennes de colère... Booba et sa jalousie ! Mais il fallait réussir à calmer le jeu avant que ça dérape.

Moi : Non... Il ne me regarde même pas... Et moi je m'en fous !

C'était un pieu mensonge mais au moins je gagne du temps. Vous me trouverez folle mais j'ai connu la grosse galère à Barbès avant de tomber sur Kader. Il est hors de question que je revive ça. Mais j'adore le sexe avec Booba.

Booba : Je voudrais même qu'on se débarrasse de lui... Avant qu'il ne comprenne tout !

Moi : Patience !

Booba : Je ne peux pas continuer à te voir comme ça !

Je lui caresse la poitrine et le feu reprend. On oublie tout dans la seconde.

Quelques heures plus tard

Je rentre à la maison avec beaucoup de retard par rapport à ce qui avait été prévu initialement. Je me faufile et arrive directement dans la chambre. J'ai clairement entendu les voix des enfants et de leur père en bas. Pourtant au moment de me déchausser la porte s'ouvre dans mon dos.

Kader : Tu es enfin rentrée !

Moi (*me retournant en sursaut*) : Oui... Je suis allée voir un peu la ville pour...

Kader : Ce n'est pas important... On t'attendait pour passer à table. Tu sais où est Booba ?

Moi : Non... Pourquoi ?

Kader : Son numéro ne passe pas... On va commencer sans lui. S'il te plaît, descends quand tu as fini.

Wow ! J'ai eu peur un coup. Parfois j'ai l'impression qu'il soupçonne quelque chose mais la minute d'après rien ne transparaît. Si au moins, je pouvais le convaincre de coucher avec moi !

Je me dépêche de prendre une douche et de me changer. Je descends environ 15 minutes plus tard. Nous nous mettons à table. Le dîner se déroule dans une atmosphère détendue ; même la petite impolie semble bien dans sa peau. On en est au deuxième plat de résistance quand Booba s'amène.

Booba : Bonsoir tout le monde !

Kader : Ah ! Te voilà ! Assoies-toi en même temps. J'espère que tes neveux t'ont laissé quelque chose à manger...

Un peu plus tard dans la soirée

Kader

Je regarde ma montre il sonne minuit et quart. Les enfants sont couchés depuis un moment. Nous sommes assis à deviser tranquillement dans le séjour, on déguste un verre de Borgoe, moi dans mon fauteuil favori, Booba dans un autre pas loin de moi et mon épouse dans le canapé les pieds repliés sous elle.

Moi : Dis-moi Alino, on se connaît depuis quand ?

Booba : Euh... sept ou huit ans ? Je ne sais plus trop.

Moi : Moi non plus... J'ai l'impression que tu as toujours fait partie de ma vie.

Booba : On est frères !

Je tourne mon regard vers Marlène, elle boit à petites gorgées. C'est une femme vraiment magnifique. Le teint clair, des formes pulpeuses.

Moi : On est tellement frères... Que tu sautes ma femme ?

Tous les deux se figent, Marlène laisse échapper son verre qui se brise sur le parquet en bois.

- (*tranquillement*) Tu savais Marlène, qu'il a essayé de me tuer plusieurs fois ? Oh mais quelle question ! Bien-sûr que tu savais ! La fois où j'ai été sauvagement battu dans les rues de Ouagadougou... et mon mystérieux accident de la route il y a quelques mois.

Booba se lève brusquement voulant certainement fuir par réflexe.

Moi (*souriant froidement*) : A ta place... Je poserais mes fesses. Vois-tu, si tu franchis cette porte, je te ferai abattre comme un chien.

Il cherche du regard Marlène qui claque littéralement des dents alors qu'il fait bon.

Marlène : Chéri tu te trompes...Qui t'a raconté des mensonges comme ça...C'est Chérifa n'est-ce pas ? Elle...

Je saisis la commande de la télévision que j'allume...A l'écran on voit d'abord Booba, puis Marlène en plein ébat...Ceci datait de quelques jours...Je fais avancer un plus vite et nous tombons sur les images d'aujourd'hui. Alors un silence de mort se fait...Mon regard passe de l'un à l'autre...Rien ne me traverse l'esprit à cet instant. Tout était vide en moi.

Marlène : Chéri pardon... Ce n'est pas ce que tu crois... Je peux tout t'expliquer...

Moi (*ironique*) : Vraiment ?

Marlène : Oui...oui... J'étais perdue après ta disparition et ...

Moi : Lilou chérie... Mon frère ami te sautait bien avant ma disparition. Tu veux que je te dise ? Depuis huit ans... Depuis que je l'ai fait entrer dans nos vies !

Marlène : Je...

Moi : La seule chose que je vous demande... On va régler les choses en douce, mes enfants ont souffert énormément ! Je ne veux pas d'autres séismes dans leur vie. Voilà comment je vois les choses... Marlène, tu vas demander le divorce que je vais t'accorder et tu retourneras vivre en France... La maison a été mise en vente et tes affaires ont été mis à la consigne l'un de mes avocats te transmettra toutes les informations à ce sujet. J'ai mis un capital sur ton compte...Tu en feras ce que tu voudras...Tu pourras voir Yacine s'il le désire. Mais si tu te trompes une fois pour lui raconter quoique ce soit, ou si tu essayes de m'importuner... Je veillerai à ce que tu moisisses dans une galère sans nom ! La pauvreté que tu fuis tu la connaîtras que même trouver du pain avarié relèvera du luxe ! Toi Alino... Hum. Tu sortiras de ma vie DÉFINITIVEMENT.

Booba : Si je refuse ?

Moi (chuchotant presque) : Tu n'as pas le choix ! Ma société a été transférée ici au Burkina Faso, à Ouaga. Tout ce que tu as pu gagner dans mon dos et à mon insu, je te le laisse. Mais tu n'obtiendras strictement rien de moi…Tu es viré, crois-moi tu auras du mal à trouver un emploi…Ceci te donne le temps de réfléchir sur cette maxime « On ne mord pas la main qui vous nourrit. » Tu quitteras le Faso dans 48 heures sinon ce sera à tes risques et périls. Tonton Issa, ton ancien employeur, ne pourra rien pour toi. Il est hémiplégique aux dernières nouvelles !

Booba (*arrogant*) : Tu ne te sens plus hein ! A cause de ton héritage et de l'argent, tu te sens puissant ! Mais laisse-moi te dire, tu n'es rien. Tu t'attendais à quoi ? Que je reste ton larbin toute ma vie ? Je te déteste Diaby. Tu crois me faire peur avec tes menaces à la con ?! Tu me fais rire ! Je partirai…Pour le moment mais Diaby, nous nous reverrons ! On va se gérer mais sur un autre terrain !

Moi (*m'enfonçant confortablement dans mon fauteuil*) : C'est quand tu veux… Mais au nom de ce qui a été entre nous… N'essaie même pas !

Marlène : Kader pardon… Je t'en supplie… Je ne vais plus recommencer… C'est Alino, il n'arrêtait pas de me tourner autour ! Tu sais combien je suis fragile…

Booba (*se tournant vers elle*) : Arrête ton cinéma ! Viens, on s'en va !

Marlène (*hargneuse*) : Laisse-moi tranquille ! Toi tu as quoi ? Regarde-moi bien, tu peux m'offrir la vie que je mérite ? Viens viens et puis quoi encore ?

Je la regarde, estomaqué ! Ma mère avait raison, elle m'a toujours dit que c'était une arriviste ! J'étais amoureux et je n'ai rien vu. Elle se traîne à mes pieds, je dois me retenir pour ne pas frissonner de dégoût.

Moi : Tu parleras aux enfants en ma présence. Tu leur diras que tu as du mal à t'habituer à tous ces derniers changements.

Marlène : Pardon chéri… S'il te plaît !

Moi (*implacable*) : Tu parleras aux enfants demain !!!

Marlène : Ne me fais pas ça s'il te plaît ! Au nom de notre fils !

Moi (sifflant entre mes dents) : C'est justement à cause de lui…Que je me retiens de te briser la nuque ! Je t'ai tout passé ton caractère superficiel, ton incapacité à être une mère pour Yacine, ton agressivité vis-à-vis de ma fille…Tu as pris cela pour de la faiblesse. Va-t'en pendant que je suis encore calme !

Booba : Ce n'est pas encore fini !

Il sort en claquant la porte, emportant avec lui un pan de mon vécu. Cet homme, c'est mon frère ! Nous avons fait les 400 coups ensemble. Découvrir tout ce qui s'est passé et se passe encore m'a profondément blessé. J'étais dans un tel état de rage qu'il a fallu me détacher complètement pour ne pas perdre de vue les enjeux : le bien-être de mes enfants n'a pas de prix. Heureusement pour moi que Yacine n'a jamais été très attaché à sa mère. Tant que sa sœur est dans les parages, ça lui va.

Je me lève récupère la clé USB que j'avais insérer au niveau de la télévision et me dirige vers la chambre de mon grand-père. Mon antre et ma forteresse. J'entends Marlène crier mon nom mais je ne me retourne pas. Pour moi cette page vient d'être fermée.

A suivre…

Nous sommes à la fin du Tome 1. Eh oui, vous n'avez pas vu la fin venir hein ! Je comprends ! On se donne rendez-vous très bientôt pour le Tome 2.

J'espère que vous avez aimé l'aventure et que vous accompagnerez Kader dans sa nouvelle vie.

Donnez-moi des ailes pour m'envoler avec vous !

Mail : auteure.saria@gmail.com

Livres du même auteur disponibles sur la plateforme Muswada (www.muswada.com)

- **Moi d'ici et toi d'ailleurs**
  Manu 20 ans, une jeune fille d'origine modeste qui rêve comme toutes les jeunes filles de son âge d'amour et de prince charmant. Yann 25 ans jeune brillant et sûr de lui, issu d'une famille riche. Deux mondes différents, une rencontre...un amour-passion.

- **Carpe diem**
  Deux inconnus se rencontrent dans une chambre d'hôtel et passe une nuit folle ! Ils se sont offerts l'un à l'autre conscients que toute trace de cette nuit chaude et brûlante, ce moment magique volé au temps, disparaîtrait avec l'arrivée du matin. Mais c'est sans compter le destin...

- **Sugar daddy**
  Un quinquagénaire, beau comme un dieu pour qui les femmes...surtout les jeunes femmes ne connaissent qu'un mot : argent. Elles lui tombent dans les bras toutes...sans exception ! Qu'arrivera-t-il si pour une fois il perd pied au détour d'une rencontre...pas comme les autres ?

- **Ma boss est une bombe**
  Quand ta patronne a un corps à damner un saint ! Bonjour les problèmes... ou pas ? En tout cas c'est le dilemme de Amal Séké.

- **Dans la vie d'une étoile**
  Généralement les filles qui intéressent les stars ressemblent plutôt à des barbies. En tout cas c'est ce que se dit Erin lorsque son chemin croise celui de Marc-Antoine, star internationale de la chanson !

- **Pute...et Maman**
  Maïté jeune mère célibataire le jour...Fluffy poule de luxe la nuit.... Chuut ne le dites à personne!!!

- **Mon erreur du passé**
  A à peine 19 ans, Nimata Traoré se retrouve à opérer un choix. Facile vous me direz, à cet âge on pense que le monde nous appartient et qu'on est assez jeune pour pourvoir nous rattraper. Ce qu'elle ne sait pas c'est que celui-ci la marquera définitivement et changera son destin ! La jeune fille réalise son erreur en cours de route. Pourra-t-elle à défaut de remonter le temps, saisir les nouvelles options que lui offre la vie ? Qui sait retrouvera-t-elle ce qu'elle a perdu ?

- **Au-delà de la glace**
  De l'argent, un travail passionnant, un époux parfait, un mariage parfait, une famille aimante et dévouée Yaa Nelson Séké a tout ce qu'on pourrait désirer pour être heureux...et si...?

- **L'accoucheuse de filles**

  Je suis Kafui AKUESON TONI, 38 ans, j'ai un bon poste à Moov Bénin : responsable Marketing. Je suis mariée et mère de quatre enfants. Je vis dans une belle maison, dans un beau quartier, j'ai un homme génial, chaque année j'ai droit à des vacances vers la destination qui me plaît. Belle vie, me direz-vous n'est-ce pas ? Hum mon problème c'est que je suis une accoucheuse de filles, mon utérus ne porte que des filles ! Que ça ! Des filles ! En tout cas c'est ce que dis ma belle-mère !

- **Les (més) aventures 3 D de Saria (suite de nouvelles)**

  Coucou !!! Plongez dans l'univers de Saria une jeune fille, une jeune femme avec son quotidien : ses victoires, ses souffrances, ses frasques, ses lubies. Bref son expérience de la vie ! Bienvenue chez Saria !!!

Printed in Great Britain
by Amazon